两人距离的概算

It walks by past

“冰菓”系列⑤

(日)米泽穗信/著
Honobu Yonezawa
国杰/译

百花洲文艺出版社
BAIHUAZHOU LITERATURE AND ART PRESS

两人距离的概算

It walks by past

序章　若只是跑步实在太远了

两人距离的概算

It walks by past

1. 现在：零公里处

没有下雨。亏我那么诚心地祈祷。

去年也未能如愿，也就是说求雨是没用的。我已经明白了这个道理，所以来年大概会从容地等待这个时刻到来吧。不必做的事不做，必须做的事尽快做。今天，折木奉太郎领悟到求雨是不必做的事情。

刚才聚集在操场上的上千名神山高中学生，如今已经消失了三分之一。尽管明白自己只是得不到任何好处的苦工，他们还是启程前往那遥远的地方。但我不会同情他们，因为接下来我也要走上同样的道路。

从刺耳的啸声可以得知扩音器的开关已经打开。然后听到指示：

“高三组结束。高二A班，请上起跑线。”

我的同班同学像被什么东西拉着似的一个接一个走向指定的位置。其中有人满脸斗志，但大部分人的脸上都只有圣人般的达观。我大概也差不多。

有一条用石灰画出的起跑线。旁边站着手拿发令枪的总务委员，在他的脸上看不到作为将要做出残酷决断的执行者的严肃。从那张依然带有浓重初中生气的脸来看，他大概还刚进高一。他就像不允许有一秒的误差似的目不转睛地盯着秒表看。他终究只是听命于人，根本没有想过自己的行为对我们来说意味着什么。就算想过，最多只会说：

“不是我干的。有人命令我这样做，把这个任务分派给我，我才做的。我不是故意的，责任不在我身上。”

所以他才能面无表情地做出如此残忍的行为。他慢慢举起发令枪。

就在这个瞬间，会不会发生气象学史上划时代的奇怪现象而天降暴雨呢？可是五月晴空万里，空气也清新得叫人恼火。既然如此，会不会干脆下起太阳雨呢？

“预备。”

啊，对了。我不是才领悟到吗，上天是不会回应人们的祈祷的，我只能用自己的方法开辟出自己的道路。

结果总务委员直到最后都没有抬起头来。他把纤细的手指放在扳机上。

火药炸裂，枪口冒出白烟。

神山高中星谷杯。高二A班终于等到了起跑的枪声。

神山高中以学艺类社团繁盛闻名。学艺类社团多得让人懒得去数，应该已经超过了五十个。秋季的文化祭会持续三天，气氛热烈得让人怀疑是不是有点过头了。

而体育类的活动也有不少。虽然去年没有出现能在全国高中运动会上取得名次的选手，但听说武艺类社团有着相当悠久的传统。文化祭后会举办一场小规模的运动会，新学年初又有球类大赛。这些活动都不算很辛苦。虽然我不会主动参加，但如果只是在排球比赛中负责接发球，两百米接力跑等还是可以接受的。如有必要，我也可以笑着说:“出了一身汗，好舒服啊！”

当他们让我跑更长的距离时，我就笑不出来了。

具体来说，就是让我跑两万米的时候。

神山高中的长跑大会在每年的五月底举行。正式名称好像是“星谷杯”。据说这里的毕业生里有人曾经在长距离径赛项目中创下了日本纪录，所以就用了他的名字来命名，可是大家都不用这个称呼。文化祭没有正式名称却被叫做“KANYA祭”，而星谷杯正好相反，大部分人都会管它叫“马拉松大赛”。因为我的朋友福部里志每次都会管它叫星谷杯，所以我也就跟着这样叫了。

以马拉松大赛来说距离比全程马拉松短，也许是应该庆幸的，但心里还是希望下雨。听里志说，由于使用公路要申报，所以如果下雨的话大赛不会延期而是中止。

但同时，他还提到:

“但奇怪的是，根据记录，星谷杯从未中止过。”

一定是星谷选手在保佑着我们。

那家伙肯定不是好人。

男生穿白色短袖T恤和短裤。短裤的颜色介于红色和紫色之间，好像叫胭脂色。女生穿同色的紧身裤。T恤的胸口绣着校徽，校徽下方缝着一小块写有班级姓名的号码布。这块进入本年度而改成“2-A折木”的号码布在刚开跑时就已经有点松了。就不该怕麻烦随便缝上去。

现在是五月底，雨水并没有梅雨时节那么多。礼拜五大赛结束后，礼拜六礼拜天放假，大概是校方唯一的关怀。由于比赛是在上午九点开始,所以还有一点寒意。随着太阳升起,后面会热得出汗吧。

除了校门，操场上还有个出入口，高二A班的人都从那里跑出学校。别了，神山高中。二十公里的前方再见。

星谷杯的路线简单地说就是“绕学校后山一圈”。但是，神山高中后面的山地一直延绵至万年积雪的神垣内山脉，所以假如真的要绕着它跑一圈的话，那就不是长跑而是要贯穿整个山脉了。

我知道比赛的路线。

先沿着流经学校前的河跑一小段路，在第一个十字路口上坡。最初一段坡很平缓，之后坡度会逐渐变大，靠近山丘顶部的坡十分陡峭。

跑上山顶后便是下坡。这段下坡路不只陡，还比想象的长，跑得太快的话会弄伤膝盖。

下坡后是一片开阔的田园。应该可以看到稀稀落落的民房。虽然几乎没有坡度，可是看不到头的直路，给人精神上的煎熬是最大的。

跑到平地的尽头后又要翻过一个山丘，但这次的坡度没上一个那么陡。不过，由于山路蜿蜒曲折，要经过好几个V字弯，所以步调会被打乱。

再前方就是神山市东北部，叫阵出的地区。千反田的家就在那里。这段路是要沿着一条小河下坡。

就这样穿过山沟，回到市区。但是因为不能在车辆往来的马路中间跑，所以要穿过小巷。经过荒楠神社的前方，就可以看到能代表医院的纯白色，那是恋合医院。然后，它的后方就是神山高中。

因为我已经跑过一次了，所以记得整条路线。可是理解并不会缩短距离。我认为既然已经知道结论就应该省略掉过程，就算不行也应该选择最佳的方法。具体来说，我提议必须移动的二十公里，应该骑自行车或者搭乘公交车。但遗憾的是，看来不会有人采纳这个合理的想法。

最初的一段沿着河流的路就是块硬骨头。大部分赛道都在车流量极少的山区，唯独这段沿着河的路是环绕整个市区的马路的一部分，所以车流量不小。而且把人行道和车道分开的只有一条白线，中间没有铺设石头。之所以以班级为单位间隔出发就是为了不在这里造成拥堵。

高二A班的同学排成一条细长的队列跑在白线内侧。无论你是跑得快还是跑得慢，在二十公里赛道中，唯独这一段你得用和别人相同的速度去跑，否则就会跑到车道上去。去年是可以占用一点车道的，但今年学校严令必须排成一列。皆因前几天有高三学生在路上被车撞了，才会采取如此严厉的措施。因此前后都是人，很难迈开步子。

这段路大约有一公里。速度就相当于慢跑，很轻松。前方的路还很长。当成是热身的话正好。

不一会儿就跑完了这一公里，然后赛道大幅转向右边，偏离了通往市区的马路，通向学校的后方。接下来是上坡路。

队列乱了。仿佛因为不能按照自己的步调去跑而感到欲求不满般，班里隶属于体育类社团的人一口气冲到了前头。也许说好了要一起跑，立刻就出现了几个女学生的小集团。

然后我放慢速度。

速度不断降下来。

尽管几乎跟走路没什么区别，我还是装出正在跑的样子。

星谷选手对不起了，我现在可没时间悠闲地跑步。在这二十公里的过程中，我有些事情要去想。余下的路程只剩下十九公里了。

在坡上跑了一百米左右，身后有人叫我。

“找到你了，奉太郎！”

我没回头。声音的主人擅自冲了上来。

然后那小子，福部里志从自行车上下来。

我一直觉得他是个远看分不出是男是女的柔弱男子，可是前阵子偶然翻开初中毕业相簿，惊讶地发现他的表情有了很大的变化。虽然五官并没有明显的变化,但这一年来他的表情似乎变得严肃了。因为三天两头会见到他，所以没有察觉到。

这学期里志当上了总务委员会的副委员长。星谷杯由总务委员全权管理，所以委员们不需要跑。他们应该在起跑前就被部署在了赛道的各个位置。他戴着黄色的头盔，推着喜欢骑的山地车。我斜着眼睛看着他说：

“在这偷懒，不怕被说吗？”

“没关系。反正已经确认了各班级的起跑进行得很顺利，而且我可以等到最后一个人通过终点再回去。”

“辛苦啦。”

之所以慰劳不用跑的总务副委员长，是因为我知道他必须监督位于赛道各处的总务委员。接下来这小子要骑着山地自行车奔跑于二十公里上的各个点，听取总务委员的报告，看有没有发生意外。里志耸了耸肩。

“哎……因为我喜欢骑车，所以也不会觉得辛苦，但如果能用手机的话，就不需要这个职务了。”

“听你这么一说。”

“不能以全部学生都有手机为前提。可是实际有人受伤了，不管怎样还是要用手机来求救。需要根据现场的实际情况进行变通啊，真是的。”

为总务委员会的组织僵化而叹息后，里志的神情突然变得严肃起来。

“那，有头绪了吗？”

我一边缓慢地挪动步子，一边谨慎地回答：

“还没。”

“摩耶花……”

他刚要说，又憋了回去。我料到他要说什么，于是替他说出来：

“她怀疑我是合情合理的。”

“不，她好像不认为是你做的。虽然不中听，但她说，‘我不认为是他的错。因为他不会主动做任何事。’”

我不禁苦笑。这种话只有伊原说得出口。实话说，她说得也没错。昨天，我什么都没有做。

可是这样一来，她大概很为难吧。

“如果不是我的话。”

“是啊。”

里志深深叹了口气。

如果不是我的话，那就只有一个人了。我回忆起昨天的事情。

2. 过去：一天前

放学后，我在活动室里读着袖珍本。那是一本讲述日后将成为一名大特务的男人其青年时代的历史小说，小说的内容十分引人入胜，让我一反常态，读得很认真。

在学艺类社团众多的神山高中，每年都会有几个社团消失，又有几个社团建立，所以在新旧学年交替之时，活动室经常会有所调整。可是古籍研究社的活动室还是在地学教室。虽然没有特殊的感情，但在一个地方待上一年，就会形成“固定的位置”。我像往常一样坐在从后数第三排，从面向操场的窗户数第三个的座位上。

小说的一个章节结束，正好告一段落。我舒了口气，刚抬起头，侧拉门就被人拉开。伊原皱着眉头，神情有点困惑地走进来。

进入高二后，伊原摩耶花有了点改变。我明确知道的是她退出了同时参加的漫画研究会。本人表示是“累了”，可是从里志好像有话想说的表情来看，似乎还有其他原因，但我没问。

外观看上去并没有改变。把她放到一群新生里面，让人从中找出高二的学生，能选出她的百人里恐怕也没有一个。最近她开始使用发夹了。不过是直到他们提起这个的时候我才意识到。

活动室里只有我和另一个人。刚才还是三个人。

伊原说：

“喂，是不是发生了什么事？”

“没有……”

千反田支支吾吾地说。

千反田爱瑠继续担任古籍研究社的社长。她应该没有剪头发，所以头发大概长长了一点儿。

也许是我的心理作用，伊原回头看了走廊一眼，压低声音说：

“我刚才在那里见到小日，她和我说不会加入社团。”

“咦？”

“她的眼睛有点红。是不是哭过？”

千反田说不出话来。她没有回答伊原的问题，只是静静地低喃。

“……是吗？”

我不清楚发生了什么事。

一年过去了，我们成为了高二生，有新生加入。古籍研究社也去招过新社员。几经周折，最终招到了一个社员。

大日向友子提出了临时加入申请，之后只需再提交正式加入申请就可以了。她很喜欢伊原，也经常和千反田说笑。虽然人有点吵，但没有得罪过我。所有人都相信大日向会顺利成为正式的社员。不对，实话说，我们甚至都忘了临时加入后还有正式加入这一个手续。

她却突然表示不会加入社团。就在我看书的几十分钟里，一切都改变了吗？

千反田看着伊原。颤抖着嘴唇重复了一遍。

“是吗？”

光是重复这一句话就已经用尽了全力。伊原可能是想了解情况，但她把到嘴边的话又吞了下去。

“小千，你没事吧？怎么了？”

“果然……都怪我。”

“什么？如果你是说她不加入社团这件事的话，那不是你的错。她是这么说的。”

“不。对不起，我先回去了。”

千反田强行中止了对话，抓起书包冲出了地学教室。我只能默默地望着她离去。

用眼睛追着千反田的伊原回过头来。她的脸上几乎没有表情，声音也没有抑扬顿挫。她问：

“那，到底发生了什么事。”

我只能呆呆地张大嘴巴，对着她摇头。

3. 现在：一点二公里处

虽然社团很多，但新生数量是有限的。四月，神山高中的招新活动极为激烈。去年我不打算加入任何社团，所以全都无视了，可是今年就身在漩涡当中。真是要经历过才知道，那堪称是激战。

因为各社团就像在抢夺一片茫然的新生般地招人，所以多少会出点乱子。虽说该拒绝的没拒绝主要是自己的责任，但有些社团为了凑够人数好像会强逼新生加入。这种事情不能强迫。据说之所以要经过临时加入和正式加入这两个阶段，就是要为了确认本人是否真的自愿加入。假如不提交正式加入申请，会视作自动退出。

而提交申请的最后期限在本周末。也就是今天。

姑且确认一下。

“不提交正式加入申请，不代表以后不能再次加入同一个社团吧。”

“那当然。神山高中的社团随时可以加入，随时可以退出。进出都是自由的。”

说完，里志仿佛难以启齿似的补充：

“但是，社团的预算会以临时加入期结束时的人数来决定，所以过后无论是加入还是退出都没有影响。而且更重要的是……”

“我懂。”

问题不在于手续。

按理说，昨天，当意识到似乎发生了什么纠纷的时候就应该立刻去处理。虽说作为当事人的大日向、千反田都已经回去了，根本无从应对，可是等到第二天再去处理就已经晚了。如果中间再隔着个双休日的话，大日向的离开就会彻底变成“过去”，绝对不可能改变。

今天，星谷杯结束后没有课。虽然应该要开班会，但开完就放学了。

换句话说只有今天能够挽留大日向，而且能与她接触的机会和时间都不多。

“我也是听人说的。”

里志稍微放低声音。

“昨天放学后，好像有人惹大日向同学生气了，或者让她很失落。但原因还不清楚吧？”

“因为当时我只顾着看书。”

“这么说，原因就是千反田同学了。可是这样一来，又和摩耶花听到的有出入。”

上坡路还没到陡的地方。路两旁是两排民房，前面是一段很长的缓坡。有人轻快地从身旁超过慢跑的我。大概是在我们后面出发的高二B班中，对跑步很有信心的人。

我回答：

“伊原说了什么？”

我瞅了里志一眼，看到他露出很失望的表情。

“哎，她没和你说吗？”

“她什么都没跟我说。”

“可能是没时间说。但我也是听她说的，所以不是很确定。”

里志的目光游移了一下，不太确定地说：

“大日向好像说了千反田同学是‘像菩萨一样的人’之类的话。摩耶花记得这句话听上去不像是讽刺。”

我完全没听说过。我只知道大日向说了不会加入。

“那确实是昨天说的话吗？”

“措辞可能不一样，不过确实是昨天说的。”

就是说，大日向说了“不会加入”和“千反田是像菩萨一样的人”这两句话吗？如果是这样的话，按照字面意思去理解，可能是

“虽然不会加入，但不是千反田的错”的意思。

这样一来，让大日向决定退出的人就是我了。可是昨天我真的什么都没有做。如果说什么都不记得什么都没听到是骗人的。进入活动室前我和她聊了几句，看书的时候也听到了她们的对话。可是真的就只是这样而已。

“……看来这事果然不简单啊。”

但是里志嘟囔了一声：“是吗？”

“我觉得很简单啊。新社员加入，改变心意，退出了。仅此而已。”

里志推着自行车跟着算是在跑的我。不愧是骑行爱好者，腿脚很强健。

里志无奈地接着说：

“喂，奉太郎。我这么说可能很无情，我觉得如果大日向同学要退出的话只能由得她去了。她的确很有趣，摩耶花好像也很喜欢她。但既然本人已经决定了，我们就不应该再去说三道四。”

他看着我补充道：

“我反而觉得你会这样说，奉太郎。”

他这样说是理所当然的。事实上，昨天伊原困惑地走进教室时，我也没当回事。

大日向大概有自己的理由吧。在神山高中最多只可以同时参加两个社团，如果她有三个社团想加入的话，推掉古籍研究社也是理所当然的。毕竟我们的社团活动目的不明。有想参加的运动、委员会活动开始了、还是想集中精力学习……退出的理由有很多，可是古籍研究社没有理由留住她。很可惜，我们没有缘分。我只有这点感想。

大日向变卦有几个理由。但是，我不打算一边跑一边和里志逐一说明。里志等会可以骑车，但我得跑完全程。边说话边跑步很累，所以我不想说太多的话。

也许明白我不会回答，里志换成轻松的口吻。

“不过。既然你决定要挽留她，我也不阻止你。那么，你是打算去找大日向，央求她留下来吗？”

他的话出乎了我的预料。

“央求？”

“对。像这样低下头，对她说：‘您一定很生气，还请多担待。’”

里志还配上动作演示。但越说他的表情就越发地诧异。

“你不是打算这样做吗？”

想都没想过。这的确也是个办法。但是——

“大日向也是有理由才提出退出的吧？连理由都没搞清楚就去求她，能解决问题吗？”

里志发出呻吟。

“这种方法可以解决吧。可能不符合你的个性，但第一时间道歉，再诚心诚意地去拜托对方是最省事的。成功率意外地高。”

是吗？总觉得很不可信。至少，我实在不认为我去央求大日向就能完美解决所有问题。

第一，我并不想挽留大日向。我能够把所有问题都搁到一边，让她写下入社申请，然后就什么都不管吗？那样做只是把麻烦事往后拖而已。我喜欢回避，也喜欢省略，但不喜欢拖延。对麻烦事熟视无睹，只会让日后的处理变得更加麻烦……

“我不打算央求她。”

“你想直接说服她？”

“那也很麻烦。而且，你觉得我口才好吗？”

“说得也是啊。比起呶呶不休地劝说，你是用一句深奥的话一口气解决问题的那类人。”

里志说完闭上嘴巴，目不转睛地盯着我的脸。

“你刚才说过，这件事不简单对吧？莫非，你是想查明大日向退出社团的原因？”

说查明就太夸张了。

“我只是想回想起之前发生的事情而已。只是回忆的话并不费事。”

“……回想啊。我懂了。就是说，你不认为令大日向愤怒或悲伤的原因只存在于昨天的放学后。你相信在其他地方还存在着原因，或者说是间接原因。”

很敏锐。

我很清楚自己昨天什么都没做。但是千反田呢？撇开伊原那句“像菩萨一样”的证言，和千反田说话，会突然被她深深地伤害，或是激怒吗？

这样说可能很没有礼貌，如果是伊原的话还可以理解。她很可能会在无意中伤害到人，用简短刻薄的话去讽刺人。可如果是千反田的话就让人想不通了。

我能想到的可能性就是原因并不只是昨天的事。在大日向临时加入的期间，她一直感到很压抑，在昨天到达了极限。

“我说过我不会阻止你……但这件事很难啊。”

“是啊。”

“你再怎么样回想，也不能保证那样就能收集到所有所需的信息。”

“嗯，没错。”

古籍研究社的社员并不总是聚在一起，我也不是每天都去活动室。应该有很多事情是我所没看到，没听到的。如果一切都是在我不知情的情况下发生、结束的话，我再怎么想也是白费力气。

可是，虽然现在还不能对里志说，但我有一点头绪。自从大日向临时入社后，有几件事情我觉得很不解。调查一下这几件事，说不定能得到一点线索。可能是我误会了，但我还是想尝试一下。毕竟有20公里，若只是跑步实在是太长了。

我说：

“如果有不明白的地方我会问的。”

里志惊讶地皱起眉头。

“问？问谁？先声明，我该走了。”

“我知道，但等会还会遇见的吧。再说了。”

我笑了笑。

“伊原和千反田也会从后面追上来。”

里志愣了一下，然后表情转为惊讶。

“有没搞错！原来你在打这种主意！你把总务委员会努力筹办的星谷杯当什么了！”

“不是马拉松大赛吗？”

还是得问一下伊原和千反田。

另一方面，必须在今天之内与大日向接触。

同时完成这两件事的方法只有一个。

星谷杯上为了避免造成拥堵，班与班的出发时间有一定间隔。我是高二A班。伊原好像是C班，千反田应该是高二最后的H班。只要我跑慢点的话，伊原很快就会追上来。再慢点的话，千反田也会追上来。

“大日向是哪个班的？”

“B班。怪不得你跑得这么慢。哎，我放心了。我反而放心了。对啊，你怎么可能认真地跑完全程嘛！”

里志笑了。他太没礼貌了。虽然中间有几公里，也许十几公里是用走的，但我去年还是跑完了全程。

“明白了你的企图，我也该去干活了。不能老在这偷懒。”

他跨上山地车。

他把脚放在脚蹬上。还以为他要走了，但他突然好像犹豫了。他停下来，回头看我。

“但是，我还是友情提醒你一句吧。奉太郎，别把事情都揽在自己身上。因为你平常都不管其他人的事，所以不要忘了，在大日向这件事上你完全没有责任。”

说的什么话。但我明白他的意思。他的意思是无论我在打什么主意，察觉到什么，最后还得由大日向决定。人能把驴子带到饮水站，但不能强迫它喝水。的确应该意识到这一点。

“那我走了。在赛道的某个地方再见。”

“哦。”

里志终于用力踩下脚蹬。虽然是在斜坡上发车，但是山地车没有摇晃，立刻加速。他没有站着踩。他坐在鞍座上，保持前倾姿势渐渐远去。

我用很小的步伐慢腾腾地跑着，目送他的背影。

虽说要向伊原和千反田询问情况，但是没有那么简单。

就算她们赶了上来，也不可能跟她们长谈。尤其是伊原可能都不会停下来。大概最多只能在要被超过的瞬间问一两个问题。

没有时间提出所有问题。必须在被她们追上前整理好该问的问题，否则会白白浪费掉机会。

为了准确地提问就必须有准确的理解。我现在必须理解的是高一学生，大日向友子到底是怎么样的一个人。

我回忆起昨天千反田离开后，伊原问留在地学教室的我。

“那，到底发生了什么事？”

见我什么也回答不上，伊原补充道：

“不知道吗？说得也是。因为你根本不把其他人放眼里。”

她不经意地说。

我却觉得心脏仿佛被刺了一下。

但昨天放学后发生的事不只是因为我完全在看书。我对大日向不怎么感兴趣。里志经常说我好像很讨厌人一样，恐怕就是因为这种态度吧。虽然不全对，但也没错。也许在旁人看来，我可能就像在故意疏远大日向一样。

我对大日向过去因何高兴因何受伤基本不感兴趣。那是对人的轻视。在这二十公里的路上，我还能挽回过失吗？若只是跑步实在太远了。但我不知道这段距离是否足够让我去了解一个人。

无论如何都需要去思考。

坡度越来越陡，不知不觉间道路两旁的景色已变成了杉林。又有人超过慢跑的我。

我是在四月，招募新生周认识她的。

第一章　这里受理入社申请

两人距离的概算

It walks by past

1. 现在：一点四公里处：剩余十八点六公里

道路宽阔，路面也是新铺上的，但完全见不到车通行。跑在前面和后面的都只有身穿体操服的神山高中学生。学校后山上的这条路，就像专门为星谷杯量身定做的。

伊原应该正从后方接近。我必须在她追上前，清楚地回忆起招募新生周发生的事情。

还有多少时间呢？我试着计算。

从上一个班级起跑到下一个班级起跑，中间大概有三分钟间隔。我是A班，伊原是C班，所以我比她早六分钟出发。

头一公里是配合其他人的速度跑的。进入上坡路被里志追上后速度稍微慢了一点。平均起来，我应该是以偏慢的慢跑速度在跑。

据说人类缓慢步行的速度大约是每小时四公里。正常跑步的速度是这个的两倍。前阵子看的小说里驳斥是每小时四英里。可惜我记不清一公里等于多少英里，所以没有参考价值。总之，就当是正好介于慢跑和奔跑之间吧。时速六公里。假设伊原跑得更加认真一点，那么她的速度就是每小时七公里。那么，我会在几公里的地点被她追上呢？

是多少公里呢？

乘除法在我的脑海中打转。我的数学成绩并不是特别差，而且计算也没有那么高级，只是普通的算术题。但如果全部都要用心算来计算的话，跟用纸笔计算完全不一样。补充一点，我正在跑步，大脑不能像平常一样运作。花上一点时间求解是没有办法的。我一边辩解一边捣鼓着距离、时间和速度的公式。

呃。平均每分钟距离缩短约十七米，会在四点一公里处被追上。估算我们两个人之间的距离……哎，也没多远吧。

时间和距离已经不够用了，为了计算差多少又花费了时间和距离。太愚蠢了。挽回浪费掉的时间和距离的方法有两个。一就是我更加认真地跑。

另一个方法，就是尽可能快地回想起那天发生的事情。

那一天……记得跟今天一样，是个大晴天。

但是，肯定比今天冷。

2. 过去：四十二天前

招募新生周的最后一天，即礼拜五被特别称呼为“新劝祭”。据说这个名称不是谁给取的，只是因为方便所以大家都这样叫。

特别周本身会持续一周。

从礼拜一开始，每天放学后学生都会被召集到体育馆进行入学教育。礼拜一是学生会及各委员会。从礼拜二开始终于轮到各社团上台展示自己社团活动的魅力。总之因为团体数量多，所以入学教育会开四天。

去年应该也开了，但是因为我对招新不感兴趣，所以很早就回去了。今年我成了招募的一方，所以必须去视察一下敌情。礼拜二我被千反田拉到体育馆看了一下。

每一个团体有五分钟时间。戏剧社利用这段时间表演了一出短剧，服装研究会举行了一场时装秀，合唱社跟阿卡贝拉社如实展现出性质的不同，至于属于体育类社团的田径社则是带来了垫子表演跳高。

也有个别社团的形势很不利。占卜研究会的成员只有一个人，而且那个人也不喜欢卖弄。她用平静的声音简略介绍了卡巴拉的历史后，马上就放下了话筒。御烹饪研究会也算不上有利。总不能跑到体育馆的台上做菜，所以他们只说了会在周末的新劝祭上提供用野菜做的料理，请大家一定要去捧场，然后就下去了。围棋社在台上下棋，可这种展示方式不管怎么看都是错误的。因为他们没有大棋盘，所以谁都不知道他们把棋子下在了什么地方。至少应该找个人读棋，但围棋社似乎只有两个人。气氛冷得让人难以忍受。

但现在不是同情围棋社的时候，因为五分钟意外地长。

古籍研究社的展示被分在了礼拜四。新学年开始后里志和伊原好像都很忙，几乎没有到活动室露过面。但唯独礼拜三全部人都到了。

“怎么办？”

我这样问包含两层意思：一是那五分钟要做什么；二是能做什么。

“先加油吧。”

伊原懒洋洋地说。

“说得对，加油吧。”

我随声附和。

“加油做什么？”

被骂了。不是你开的头吗？

“我是社长。按理说，应该由我上台展示古籍研究社的魅力……”

千反田吞吞吐吐地说。她犹豫该不该说的一定是“但我想不到有什么可以表现的魅力”。而且——

“就算让千反田上台招募，我也不觉得会有人来。”

“你自己不也一样，有资格说人家吗？”

“不，算了。”

千反田制止反唇相讥的伊原。

“我明白自己不善于求人。”

千反田有毅力也有诚意，但只有毅力，没有小技巧。我们的资料足够多的话，她的方法也许行得通，但很不巧我们完全没有手牌。

但伊原说得没错，我光顾着说别人了。如果把我拉到一群高一新生面前，我肯定只说得出“我们社团什么都不做，但是有地方，想来就来吧，我们很欢迎。”这样的话。

可是交给伊原也让人不放心。

“我倒不认为小千水平不行。如果让我去说，会把不该说的也说出来……”

看来她也有自知之明。

这样一来就只有一个人选了。

虽然里志表现出为难的表情，但他的眼睛在笑。

“随便说点就可以了吧？如果没有其他方法就交给我吧，消磨时间我想我还是做得来的。”

于是就决定由里志上台了。

“礼拜四就这样决定了，你们定好礼拜五要做什么。如果要用火或电的话，必须在明天前提交申请。”

以总务委员的口吻说完后，里志就匆匆忙忙走了。后来才得知他被选为副委员长，事务繁忙。

然后礼拜四放学后，福部里志作为古籍研究社的代表一个人站在体育馆的台上，很机敏地说出“在来的途中，工艺社的铁锤发出的声音听上去就像是‘夺得天下、夺得天下’。我认为那一定是将有很多新生加入古籍研究社的前兆。我们是古籍研究社。”等笑话。夹杂着适度幽默的演讲逗得高一学生发出阵阵笑声，滔滔不绝的演讲正好用了四分三十秒。在零星的掌声中，里志下了台。排在后面的珠算社立刻上台。

老朋友伟大的才能再次让我折服。

因为他的演讲结果跟古籍研究社完全没有关系。即使没东西说也能讲够规定的时间。这也是一种伟大的才能，是怎么也模仿不来的。

然后到了礼拜五。晴空万里。

在神山高中校舍正面，有个不知该叫车辆调头处还是前院，设有几个花坛的空间。各社团和总务委员会的人利用午休时间在那里摆好桌子。因为有花丛，所以摆不成笔直的一排，有几处必须将桌子摆在花丛的左右两边。

古籍研究社派出了我。里志有总务委员的工作，虽说我的信条是“不必做的事不做，必须做的事尽快做”，但我实在不忍心把力气活推给伊原和千反田。午休听从指示在搬桌子和叠椅子中结束了。

在下午的课上，我从教室的窗户俯视刚布置好的会场。摆了几十张桌子的前院有点像迷宫，甚至有点儿意味深长。

放学的铃声还没响，我所在的高二A班课室就已经笼罩在骚动不安的气氛中。到处传来诸如——

“准备好没？”

“第一个冲出去！”

这样的私语声。心急的家伙们还在课室就已经戴上写着“必胜”的袖章了。还有人在书桌上摆上熊的娃娃。猜不出他们都属于什么社团。他们焦急的心情可以理解。如果去晚了，高一学生都回去了，那么招募新成员的准备就都白费了。起跑很关键。

铃声响起，下课了。同班同学一窝蜂似的冲出课室。高二高三的课室大概都是同样的景象。尽管不是很情愿，我还是跑在了队伍的最后。

原本只摆着桌子的前院顿时立起各色旗帜，被贴上各种海报，立式广告牌和手持广告牌一个接一个冒出来。粗略一看就能看到“快来化学社 你和我的焰色反应”“如果你要赌上青春的话 啊 当然要选篮球”“制作的喜悦 穿衣的乐趣 服装研究会”“苍天已死 历史研当入”“再来一个就十一人了！足球社”等字样。应援团拿出团旗，啦啦队组成圆阵，那边糕点研究会开始飘来红茶的香气，这边茶道社在地上铺开毛毯，认真地为露天茶会做准备。还以为系上统一的缠头布正在大喊的是哪里的人，原来是广播社。放学铃声响起不到十分钟工夫，又是笛声又是太鼓声，闹翻了天。

活动在三点半开始，六点钟撤场完毕。这种至多只会出现两个小时左右的疯狂俗称“新劝祭”。但并不是“欢迎新生”，而是“劝说新生”的缩写。* 这点很像这间学校的作风。

大部分社团只有一张长桌，但也许因为成员数量、人气，还有看不到的政治因素，有些社团分到了仅有几张的大桌子。哪个社团坐在哪里自然是早就决定了的。据说古籍研究社是在17号桌，所以我四下张望寻找。

“折木同学，这边。”

传来千反田的呼喊声。

虽然没抱什么期待，但是十七号桌果然被放在了会场的角落。桌子上立着一张方形纸笺，上面用毛笔字写着“古籍研究社”。笔风流丽而豁达。不放个招牌的话确实不知是什么社团在招人，但也没说过要准备这种东西。也许读懂了我的表情，千反田有点困惑地笑了。

“这是我午休的时候临时做的。我觉得用可爱一点的字体写会更好，但又想不到怎么写。”

这么说这是千反田的字吗？我记得她平常写的字要更加方正，但一旦让她握住毛笔，写出的字意外地流丽。但如同她本人说的那样，不可爱。也许应该让伊原给画点卡通图案的，但现在说已经晚了。

坐在叠椅上的千反田披着黑色的外套，前面的扣子没扣，露出

---

* 注：日语中，“欢迎新生”（新欢）和“劝说新生”（新劝）都可以用同一个读音。

白色的水手服和领带。我也穿着白色的风衣。虽然新劝祭被热烈的气氛包围，但是今年的四月还是很冷。环视了周围一圈，无论是招人的一方还是被招的一方，大部分学生都穿着防寒服。

被放到古籍研究社旁边的是水墨画社跟百人一首社。每张桌子都只有一个人。我和他们打了声招呼让他们拉开条缝隙，然后走进桌子内侧。写着“古籍研究社”的纸笺放在正中间，我和千反田并排坐着。

里志来不了。因为委员会的工作很忙，所以没有办法。而且——

“摩耶花同学果然也来不了。”

“她要去漫研吗？”

“好像是，但又好像不是去那边帮忙。”

我默默地点头。听说伊原在漫画研究会的处境变得更微妙了。她大概是不想在会场遇见漫研社的人吧。不过，如果她来了就麻烦了。搬长桌的时候觉得蛮大的，可是坐下一看，又发现其实没多大。

应该说很小。

两个人并排坐着，就已经挤得让人呼吸困难。要是千反田机灵一点，把椅子挪开一点的话会轻松很多。但很不巧，那家伙测量与他人距离的方法很独特，即使近得肩碰肩也不会在意。

我轻叹了口气。算了，挨挤的人又不只是我们。例如在可以看见的范围内，摄影社和全球行动社就摆了太多的图示板，在自己的作品堆里拉人。

总之必须积极地开始捕捉路过的新生的工作。

依然带有浓重初中生气质的一年级学生露出既害怕又好奇的表

情，陆陆续续地走来。我好像听到有人舔着嘴唇说“猎物来了”。新劝祭的会场顿时充满了虚伪的笑容。

古籍研究社也不能输给他们。来来来，公子小姐快过来。没有急事的都来看看。我们是非常愉快的古籍研究社，这边受理入社申请。

五分钟就腻了。

因为没有人停下来看。

“说是要抓人，可到底要怎么抓呢？”

我看着径直从眼前走过的新生，嘟囔了一声。千反田保持着双手交叠放在大腿上的姿势，看着前方说。

“如果有黏鸟胶就方便多了。”

我知道有黏鸟胶这个词，但没有见过黏鸟胶。至少也要用捕虫网吧。可是，比起这个——

“用细网更有效率吧。”

“话是这么说，但那是违法的。”

“不会被发现吧。”

“你是深夜过马路不看红灯那类人吗？”

“我不在深夜出门。”

我们的对话太没有建设性了，甚至觉得有点凄凉。

“你应该会遵守交通规则。”

“我深夜不会往马路上跑。”

太没有建设性了。

预料到会有这种情况，所以我在外套的口袋里放了本袖珍本。那是一本短篇集，我看到一半。我对作为接待员面向前方的千反田说：

“反正也没事做。我看会书。”

千反田终于把头转向我，面带微笑地说：

“不行。”

“可是又没人来。”

“不行。请老实地坐着。”

好吧。我把刚掏出来的袖珍本放回口袋。不过，仔细想想，如果其中一个人正懒洋洋地看书，新生也不好开声吧。但是继续在这干坐，随着黄昏渐近，气温只会越来越低。我双手抱在脑后。

千反田也很闲。不管责任感有多强，她也是个有感情的人，没有事情发生的话也会觉得无聊的吧。她好像把原本对着正面的脸转向旁边，看向正在热闹地招新的社团。

看着人从面前经过，我小声嘟囔：

“看来被诅咒的位置是存在的。”

“嗯，是啊。”

她立即回答。我反而说不出话来。

过了一会儿，千反田转过头来，侧着头。

“不是那样的吗？”

是哪样？我没去多想，靠在叠椅的靠背。

“我的意思是，在商业街或大马路旁，有些位置的地理条件看上去不比其他铺位差，可是不管开什么店很快就会关门。在不知不觉中又开了间新的店铺，但不管是什么店都没有客人。这样的地方是存在的。”

“啊……对。有些地方总是新店开张。很奇怪，换了块招牌后就想不起之前是什么样的店了。”

“是啊。拆了平整后，就连那块地上以前有没有建筑物都不记得了。”

千反田点了下头，然后用眼神催促我继续往下说。为了避开她的眼睛，我稍微把脸别过去，就像在敷衍似的，我用手背敲了下长桌。

“这里也有那种感觉。”

“这里，你指的是这个位置吗？”

“嗯。”

一排桌子中有一部分桌子被沿着圆形花丛的边缘摆放。根据总务委员会派发的计划书，古籍研究社的位置被定在了其中的一张。可是从人们的移动线路来看，这实在不是个好位置。

高一学生的出入口在我们的背后。对这场骚动不感兴趣径直走向校门的新生根本不会看到古籍研究社的桌子。但如果新生想看看有什么社团的话，就会从我们面前通过。单以人流量来说，这个位置应该没那么差。

但不知为什么，新生们不要说停下来看，甚至连速度都没有放慢。他们看都不看千反田亲笔写的古籍研究社招牌。

“这里是不是有种令人难以驻足的气氛。”

凝视了从眼前经过的人好一会儿，千反田平静地回答：

“我认为最大的问题是我们没有开声叫住他们……”

前院里所有社团的吆喝声此起彼伏。“哦，你好像很喜欢猜谜的样子。我看得出来，你在找猜谜研对吧。那么第一条问题。”“我们还会举办英语辩论赛。当然能提升英语成绩，能提升很多。”“不不，我们会先教你规则。记住规则就很简单了。只要记住金和银的动作就可以了。”“不擅长做菜？没关系，我们会帮你提升厨艺的，因为我们是御烹饪研究会啊。来我们的活动室，我们会给你做吃的。”“天文社，天文社在这边！喜欢星星吗？爱的星球！但我们基本上不会观察天空。”不知不觉中，两旁的水墨画社跟百人一首社也在积极地叫住往来的学生。

自己不开口，却抱怨“谁都不停下来”，的确很没有道理。

但另一方面，千反田又说：

“可是，正对着那个也许有点不利。”

说着，她用目光指给我看。

那个东西大大地展开在沿路行进的学生正面。

旗子上写着“有茶”两个字。除了写上今年是公历多少年外，还用串珠绣上了猫和熊猫的吉祥物。很精致的旗子。阵阵红茶的香气飘来。桌子上放着两个保温瓶、纸杯和受理入社申请的纸张和笔。桌子的一头还有一个台式炉，上面放着体育类社团的人在比赛中喝水用的金色大水壶。那个金光闪闪的水壶目测能装上足足10公升的水。目前台式炉没有点火。

最引人注目的是放在桌子另一头的南瓜。一搂粗的橙色南瓜被挖出了眼睛和嘴巴，做成了万圣节上的南瓜头。万圣节是在四月吗？

桌子里面有两个女性社员。她们只在水手服上披了条围裙。可是她们的干劲高到让寒冷的空气无法靠近。她们两个站在炉子和南瓜的中间，使劲地挥舞胳膊。

“吃吧。你喜欢吃曲奇饼干吧！好，给你！”

“但是里面放了奇怪的药。哦，你吃了，吃了你就输了。你会变得很想加入我们社团。看，你现在很想加入。想加入想得不得了。申请表格在这里。”

“没错,这个曲奇饼干有那样的功效。喝点红茶,小心别噎着了。”

她们一边说一边拿起保温瓶，往纸杯里倒入红茶。

“啊，你好，你看上去很喜欢曲奇饼干。”

“啊，真的耶。长得就像块曲奇饼干。吃吧。不，别问为什么。你就吃吧。”

总觉得好像在什么地方见过那两个人。但很奇怪，我对那两个人的脸没有印象。

她们好像准备了很多曲奇饼干，见人就派。虽然不知道她们招募得顺不顺利，但有很多学生停下来。

“是糕点研究会吗？”

“嗯。目光被那边吸引了，很容易会看漏古籍研究社。”

可恶。卑鄙小人，居然用食物引诱人。不过被曲奇饼干引诱的人终究是些轻佻之徒。那样的人没资格加入古籍研究社。就在我抱着不服输的心态，毫无根据地像个选民似的想着这种事情的时候，千反田的样子有点奇怪。她一动不动，目不转睛地盯着气氛热闹的糕点研究会的桌子看。

莫非……我小心翼翼地叫她：

“千反田。”

“欸，啊，请问有什么事？”

千反田惊讶地转过头来。我问：

“莫非。”

“是。”

“你想要曲奇饼干？”

千反田想了一会儿，神色严肃地回答：

“如果说不想要是骗人的。”

“那就去要呗。”

“谢谢。但是，我有更感兴趣的事情。”

她又转过头去，把目光放回到糕点研究会。

“你不觉得有点奇怪吗？”

我也跟着再次望向那边。干劲十足的两个人。保温瓶、纸杯和纸张。台式炉、水壶、南瓜和饼干。

……哎，说奇怪，是有点奇怪。最明显的是糕点研究会社员的干劲。

但除此以外还有一两个奇怪的地方。

“是啊，很奇怪。”

大意了，不该这样说的。千反田突然把头转过来。因为桌子很小，如果把头扭过来，距离会近得让人忍不住向后缩。

“咦，请问到底是哪里奇怪？”

“你还问我，是你先说奇怪的吧。”

还是她想跟我玩“很奇怪，因为是糕点研究会，所以有糕点”

这种高度的智力游戏？*

千反田斜着眼看着派曲奇饼干的热闹景象，嘟囔道：

“是的，但实话说，我也不知道有什么地方奇怪。虽然觉得奇怪，但就是不明白……”

“哦，大概是——”

“请等一下！”

她打断了我的话。我把要说出口的话吞回去。

“请你先别说出来。我正在想。嗯，我已经隐隐约约猜到了。”

她经常让我说，但很少让我不要说。我一边想着明天太阳是要打西边升起吗，一边在近处看着注视着糕点研的千反田的侧脸。

不一会儿，她的视线固定在一点上。

“是南瓜。我觉得那个南瓜有点奇怪。”

橙色的皮、三角形的眼睛和锯齿形的嘴巴。不管怎么看都是正统派的杰克南瓜灯，但她会注意到那里的心情我非常理解。

但接下来关注的点偏了。

“那个品种在日本没有得到认可……不，那是很常见的美洲南瓜。”

“是吗？”

“虽然收获季节在秋季，但如果保存得当的话，可以保持不会腐坏。”

“哦。”

“作为商品作物普及度还不高。在神山市应该没有农户在种植。”

---

* **注：“奇怪”和“糕点”的发音相近。**

“居然是这样。”

“但是，可以在超市买到。是国产的，还是进口的呢……”

“为什么要把它当作农作物来看！”

问题不在那里吧。看到别人错得如此彻底，会让人觉得不能袖手旁观。

虽然千反田又嘀咕了几句，最后还是叹了口气。

“不知道，想不到其他的了。我投降。为什么我会那么在意那个南瓜呢……”

她有点难为情似的红着脸说：

“我，很好奇。”

如果是平常的话，我会认为麻烦来了。

千反田那无尽的好奇心曾给古籍研究社，给奉行节能主义的我带来了不少的麻烦事。静下心来想，其中的大部分即使不解决我也不会有损失。尽管如此，为什么我还是几乎每一次都陪她到最后呢。这一点连我自己也不太清楚。我想大概是因为千反田的那双大眼睛。

然而今天千反田在这个地方说出我很好奇，并不是麻烦事。因为我被迫坐在桌子的内侧，既不可以看书，也不可以提早走。反正只是坐着的话，有点东西聊聊也不是一件坏事。

但事情很简单，千反田所说的“奇怪感觉”的真面目很明显。感觉这个话题不会持续很久。我说：

“那个南瓜很大吧？”

千反田侧着头。

“以美洲南瓜来说，并不算大……”

表达方法有误。

“有一搂粗吧？至少，比用作古籍研究社招牌的这张纸笺要大。”

我用眼睛指了下纸笺。她点了下头，仿佛这才听明白。

“是啊，是很大。”

“它被放在桌子的一头，另一头放着台式炉。可是糕点研的那两个人却在这两样东西中间挥舞着手脚派饼干。可是我们的桌子，两个人并排坐着就已经挤得不行。”

“咦，很挤吗？”

她果然不觉得挤。

先不说这个。大概因为被潮水般的人流分成一段一段，以及是斜着望过去的，所以找不到距离感吧。千反田的疑问的答案非常简单。

“糕点研使用的桌子比我们的大。因为我午休来布置会场了，所以我知道有几个社团使用的是大型桌子。你不知道有不同尺寸的桌子，所以才会觉得奇怪吧。”

“哦……”

她发出那样的声音。

但千反田依然皱着眉头。

“桌子很大，这个可以从南瓜和炉子的距离看出来。我的确没有察觉到。但我觉得不是这个原因……她们为什么要放个南瓜在那里？”

为什么呀。这可难倒我了。

“摆放装饰需要理由吗？在派发曲奇饼干的地方摆放万圣节的摆设也没有问题吧。”

但没有季节感。

千反田望向糕点研。

“我换个说法。如果那个地方没有南瓜的话会怎么样呢？”

听她这样一说，我试着想象那个景象。如果从那张放着台式炉和水壶的桌子上拿走南瓜的话。

“……会很简洁。”

“是啊。”

然后她转过身来面向我，叮嘱似的一字一句地说：

“你不觉得如果没有那个南瓜的话，糕点研可使用的空间应该会更大吗？”

我好像听懂了她的意思。

放了个南瓜作为装饰，压缩了自己的空间。可是她们并不觉得挤。

就是说，糕点研的空间多得用不完……尽管她们分到了大型桌子。

“你是想说，把大型桌子分给糕点研太浪费了吗？”

她摇了下头。

“我没有这样说。只是，对糕点研来说跟我们一样大的桌子似乎也够用。那她们为什么会分到大型桌子呢？”

位置是总务委员会分配的，决定哪个社团使用大型桌子的自然也是他们。如果是像管乐队那样的人特别多的，使用大型桌子不会显得不自然。但糕点研的人数不多，现在正在拉人的只有两个人。

然而除此之外我还能想到几个理由。

“可能性一：大型桌子的数量很多。分给所有需要的社团后还有多。于是糕点研也拿到了。”

“你是这么认为的吗？”

我只是先列出可能性，可是她直率地提出疑问，搞得我不知怎么回答。

“不是……”

“就是说啊。如果是那样的话，摄影社和花道社就不会那么辛苦了。”

摄影社被自己的作品给埋住的景象我已经见到了，但千反田指出的花道社的情况要更糟糕。桌上摆了一排华丽的插花作品，结果与其说是插花更像是密林，把最重要的花道社成员的脸都遮住了。他们可能没有多想，一个人准备了一个作品，一旦摆上才发现地方不够了。而且我知道大型桌子只有几张。

把大型桌子分配给展示物多的社团，让糕点研用普通尺寸的将就一下。一般来说运营方会这样做。那么？

“可能性二：糕点研在总务委员会有门路。通过行贿之类的方法抢到了大型桌子。”

招新是个弱肉强食的世界，不准备对策漫不经心地等待那一刻到来的都是蠢货。也许看透了世间的冷漠，千反田的眼中带有一丝悲伤。不一会儿，她说：

“那两个人用那种方法抢到了大型桌子……”

“却在上面放上南瓜。”

不行，存在根本的矛盾。既然不能有效利用那么就白抢了。

仔细想想，糕点研用了大桌子，可能会导致本应获得大桌子的社团陷入不利。也就是说，糕点研确保大桌子的目的可能是为了刁难人。这也不是说不通。可是说得通不等于是真相。我向来不信这种听上去特别合理的事情。千反田大概也一样。

“刚才的不算。可能性三。”

老实说我内心更偏向于这个可能性。先列举两个可能性，哎，就是想打发下时间。

我酝酿了一下。

“糕点研提交了使用特殊设备的申请，所以为了安全，委员会把空间更大的大桌子分给了她们。”

“那是什么？”

按照规定，使用那些东西需要在事前提出申请。

“是火。台式炉。”

听见我这样说，千反田转过头去，再次看向糕点研。

“因为要使用那个，所以糕点研分到了大桌子。毕竟在狭小的空间用火很危险。但如果只放一个炉子的话，大桌子就太大了。所以她们又放了个南瓜，看上去平衡一点。我是这样猜测的。”

这样就能说明为什么那里有个南瓜。虽然花费的时间比想象的多，但千反田应该也会接受这个理由。

我太天真了。千反田依然目不转睛地盯着糕点研的桌子以及正在派发饼干和红茶的糕点研社员。

经过一段长得让人有点不安的时间后，千反田慢慢回过头来。

“原来是这样，很精彩的推理……我很想这样说——”

我也看到了千反田在看的东西。保温瓶、纸杯、台式炉和水壶。

“她们没有使用那个炉子。”

现在确实没有点火。一看就知道了。

但这并不能支持千反田的主张。

“你在胡说什么呢。现在没用，不代表等会不会用。”

她们正在把保温瓶里的红茶倒进纸杯。但是继续派下去的话总是会派完的。到时候，她们大概会用那个炉子烧开水吧……这道理幼儿园小孩都懂！

千反田突然把脸凑过来。抬起眼睛盯着我双眼。那双大眼好像看穿了我的内心。

“折木同学，你刚才是不是把我当成了笨蛋？”

“没有的事。”

“那你是不是当我是蠢货？”

我认为那是幼儿园小孩都懂的道理。

她把探出来的身体缩回去，绷着脸说：

“我不是随口乱说的。我一直目不转睛地盯着看，然后让我发现了。”

千反田的视觉和听觉都很敏锐。味觉好像也很厉害。莫非她用过人的五感发现了什么我没有发现的东西吗？

“你看到了什么？”

“你正在看的东西。”

她大概不是在闹别扭吧。那就是在挑战我。被激怒的我目不转睛地盯着那里看。

确实有几个让人在意的地方。

“……那个水壶很新。与其说新，可能从来没有放在火上烧过。”

但不能因为这个，就断定接下来不会被用来烧水。我瞟了千反田一眼，发现她笑而不语。果然没那么简单。

“糕点研正在派发红茶。纸杯里的红茶是从保温瓶里倒出来的。如果红茶用完了，当然要去煮红茶。”

不对。红茶不是用煮的。

啊啊，对了。就算糕点研究会在那里烧开水，也做不出红茶。

“我懂了。你在说茶叶吗？”

“是的。”

千反田好像挺起了胸膛。

“糕点研派发的是曲奇饼干和红茶。只把水烧开也没有用，必须做成红茶。可是在那张桌子上见不到茶叶。是事前在其他地方冲好红茶，再转移到保温瓶里的吗？”

我承认千反田的五感敏锐，但我几乎从未觉得她的洞察力优秀。虽然我不会因为被她抢先而感到不甘，但我还是要挑下毛病。

“茶叶可能就放在保温瓶里面，只要往里面注入热水就能立刻变成红茶。否则就是放在水壶里。”

我还没说完，千反田就瞪圆了眼睛。

“折木同学……难道你没有冲过红茶吗？”

我无言以对。

她说得没错。我相当喜欢喝咖啡，但说到红茶，只会偶尔去自动售卖机买罐装红茶喝，更没有冲过红茶。这就像在坦白自己缺乏人生经验一样，所以说不出口。

“那样子茶会越来越苦。所以要用带滤网的茶壶，或者用茶壶只冲一次的分量。就算是用茶包，过一段时间也要拿出来。”

“是吗？”

“是的。”

是那样的吗？我不是很清楚，所以不好说，但我知道糕点研的桌子上既没有茶叶也没有用来冲红茶的工具。

那就是说，保温瓶里的红茶就是全部的红茶，她们不打算在那里冲追加的红茶。

事情越来越离奇了。

“那么会是这样一回事吗？虽然准备了炉子，但她们打一开始就不打算拿来用。既然不用，那个炉子就和南瓜一样，只是装饰。”

我想了一下。

“可是既然那里放着炉子，就表示‘因为糕点研提出使用火炉的申请，所以为了安全分给了她们大桌子’这个推理是正确的。奇怪的是那个炉子似乎没有用的地方。就是说……到底是怎么回事？”

“是怎么回事呢？”

没料到事情会变得这么麻烦。本打算是在新劝祭上消磨下时间，所以才陪她玩的，这该不会要花很长时间吧。怀着不安的心情，我突然将视线从千反田身上移开。千反田也同时移开视线。

然后我发现眼前站着个人。

现在是春天，那个人的皮肤却被晒成了浅黑色。一头短发。看上去很活泼，相貌和打扮可以说很有威严。要不是臃肿的夹克衫的拉链没拉，露出了里面的水手服，大概都看不出是男是女。我和千反田几乎同时看到了她。我们并不是不知道现在是新劝祭，但我们已经做好心理准备不会有人问津。她到底是从什么时候站在那里的。

我们惊讶得说不出话来。她双手插在防寒夹克的口袋里，对我们低下头。

“你们好。”

然后咧着嘴笑了。

先回过神的是千反田。

“啊，请问，你是希望入社吗？我是社长，叫千反田。”

穿夹克衫的女孩笑着回答。

“不是，刚才我在四处乱逛的时候听见你们在讨论很有意思的话题，所以就不知不觉停下来听了。我叫大日向，是高一学生。”

没有听过这个姓。虽然比不上“千反田”，但是这个姓也很少见，所以如果听过的话大概不会忘记。但是我的记忆力连我自己也不太相信，因为我不会积极地去记住其他人的样貌和姓名。

但是，我总觉得在什么地方见过她。如果觉得高一新生面熟，那只有一个理由。

“你是镝矢初中的吗？”

大日向看向我，高兴地笑了。

“是的。”

她点了下头。她的表情很清晰。

“是吗。”

她是我的学妹。本想着是否应该说点和镝矢初中有关的话题，但我既没有想问的也没有想说的，所以就没出声。

千反田在一旁说：

“我们正在招募新成员，你要加入吗？我们是古籍研究社，呃，我们有各种各样的活动。”

“有各种各样的活动”这句话很棒。

“但是总觉得很难。要读汉文吧？我比较喜欢日文。”*

“不，那种事情我们很少做。当然，如果想的话也可以做。”

“嗯……可是。”

大日向正心不在焉地听着，但她突然弯下身子，把脸凑到千反田面前。

“我的朋友经常说，应该把做到一半的事情做完。我说学姐，那个南瓜到底是怎么回事？”

“咦？”

哎呀，她在偷听我们的对话吗？

“你是从什么地方开始听的？”

“呃……”

她抿着嘴唇想了一下。

“……从你们说‘想要曲奇饼干的话就去要吧’那里开始。”

* **注：汉文，是指日本人模仿中国的文言文写的纯汉字文章。**

“你全都听到啦！”

千反田发出一声惨叫。我吓了一跳，往那一看，她的脸变得红彤彤的。

“你都听到了啊。丢死人了。”

我们说的话很丢人吗？

也许没料到会有这种反应，大日向有点畏缩。

“那个，对不起，我不是故意的。只是……我停下来想听听南瓜怎么了，然后你就不断地往下说。我很好奇你们可以通过一个南瓜推理出多少东西，所以就……”

她低下头。

“对不起。”

“没事……算了。”

千反田说着，像干咳似的把手放在嘴边。虽然大日向的表情也有点尴尬，但爽朗的表情很快又回到了脸上。

“那，那个南瓜到底是什么？”

千反田就算了，为什么这个高一学生也会对那种事情那么好奇？话是这么说，反正已经在想了。我回忆刚才说到什么地方。

“刚才好像讲到‘炉子好像没有用的地方’。她们之所以有地方摆南瓜装饰，是因为她们在使用大桌子。她们之所以分到了大桌子，是因为她们提出了使用台式炉的申请。可实际上他们没有用炉子，这有点不对劲。大概是这样吧。”

我看向千反田，她低着头没有回答。她好像真的觉得很难为情。入社后千反田给我们找了不少麻烦，但我从来没有见她变成这样。

有什么好介意的?

“这样想怎么样?”

大日向用不输给周围嘈杂声的音量大声说:

“她们本来是打算用炉子的，但不是用来冲茶。可是后来计划改变了，用不着了。但既然说要用，还是得暂时放在那里。”

“原来如此。”

从马上就说出推论这一点来看，她似乎真的很认真地在听我们说。但不能算对。

“但是她们应该很早就决定要派曲奇饼干和红茶了，至少不是今天突然决定的。她们在新劝祭才决定要出红茶和糕点，但炉子不是用在那里的。这种说法我不能接受。”

“那种事谁知道呢。只要常备材料和茶叶，就算是今天决定的也来得及做吧?早上准备好，午休的时候就可以烤了吧?”

糕点研确实有可能常备饼干的材料。但问题不在那里。我举起手，指着一点:

“曲奇饼干可以。但是那面旗子可不是今天决定马上就能做出来的。”

写着“有茶”的旗子上有串珠做成的刺绣，只用课间时间很难做出那么精致的东西。

“因为她们老早决定要在新劝祭上搞‘喝茶时间☐’，所以才能花时间做出那种东西。”

“哦——”

大日向似乎很不满意。

“嗯，可是，这么一说也是。做那个东西很困难。”

看见她的表情，我心想糟了。我没有义务为大日向查明真相。只要说“也许吧”就省事多了。我作为节能主义者做出了错误的选择。

“那么，我再想想。”

她陷入了沉思。觉得南瓜奇怪的又不是她，她却非常积极。她刚才说应该把做到一半的事情做完，那也许真的是她的信条。

大概什么也想不到，大日向不甘地瞪着糕点研。

“说起来，那种人肯定是坏人。”

她说。

“这话有点过了。别看她们那样，她们做的糕点味道还不错。”

“她们来派过吗？”

“文化祭的时候来卖过。那么，为什么说她们是坏人？”

大日向又目不转睛地盯着糕点研看，然后挺起胸膛说：

“我的朋友说，不挂名牌的人肯定都做了见不得人的事。”

是吗？我也不愿意挂着“折木奉太郎”的名牌到处走。还是说这是种比喻？

就在我犹豫该如何回答的时候，千反田突然抬起头。

“就是那个！”

“咦，哪、哪个？”

“你是大日向同学对吧？太厉害了，问题就在那里！”

大日向吓得后退了一步。千反田，拜托你不要那样吓唬可爱的新生好吗？

“你在说什么啊？”

听见我这样问，千反田横眉竖眼瞪着我。

“很奇怪，他们居然在那里放了南瓜。”

“我们就是在讨论这个问题啊。”

“不，没有。我说的是这个。”

千反田指着我们桌上唯一和招新有关的东西，写着“古籍研究社”的纸笺。

“我一直觉得有什么不对劲。总觉得糕点研少了点什么。”

千反田激动地说。大日向战战兢兢地问：

“请问……你们一直在说的‘高点盐’是什么的简称？”

“你看！”

她这么一说，我终于意识到了。原来是这样啊。糕点研少了一样应该有的东西。

怎么会这样。因为我习惯了神山高中，反而没有察觉到。我一看见那两个情绪高昂的人就认出她们是糕点研。然而——

“原来是这样。她们没有招牌。无论是那张桌子还是旗子上都没有‘糕点研究会’这几个字。”

“是的。对招新而言最为重要，显示这里是什么社团的东西一样也没有，却放了个南瓜，所以我才会那么好奇！”

“原来她们是糕点研究会啊。”大日向点了点头。我没有理她，开动脑筋。

是失误吗？不，不可能吧。她们对新劝祭那么积极，甚至做出了那么精致的旗帜，却没有写出社团的名字，那太愚蠢了。

既然如此，就如同大日向所说的那样吗？就是说，因为糕点研做了见不得人的事，所以不写出自己的名字。见不得人的事是什么事？说来，她们对谁做了见不得人的事？

这和提出了使用火炉的申请却没有使用这件事有关吗？

无数的吆喝声传入耳中。猜谜研、辩论社、摄影社、花道社、御烹饪研、天文社，当然还有糕点研究会。

“折木同学……”

千反田的叫声让我回过神来。

我好像明白了。

“那里之所以会有个南瓜,是因为那张桌子不是糕点研的位置。”

我突兀地说。

当然，因为我省略了太多，千反田整个人愣住了。

“不是她们的位置？请问这是什么意思？”

“其实……我还是依次说明吧。”

我沉默了一会儿，整理好语言。

“换句话说，是这样。

“因为有社团申请使用台式炉，所以分到了大桌子。可是当天来到那张桌子的糕点研不需要用台式炉。为什么？

“因为申请使用火炉的社团不是糕点研。”

“你的意思是？”

千反田用手捂着嘴巴。

“她们抢了那张桌子？”

糕点研那两个大大咧咧的姑娘抢了别人的东西？不，不对。

“是交换。糕点研，和申请使用炉子的是社团交换了地方。这样一来就会出现‘虽然提出了使用火炉的申请却没有要使用的样子’的情况。糕点研本来就不打算使用火炉，所以就拿来南瓜填补空位，没有拿出招牌也是因为这个原因。我估计，因为她们无视了安排，为了不被总务委员会发现，所以没有摆出招牌。”

“但、但是。”

也许一时半会儿无法相信，千反田摇了摇头。

“那么，原本预定要用那张桌子的社团岂不是完全没有好处吗？为什么要那样做？”

我没有直接回答她的问题，而是用手一划，指向聚集了超过五十个社团的前院。

“这些社团里有个社团本应要用火炉，却没有使用。”

“请不要那样绕圈子。”

大日向从旁插嘴。

“再怎么说，要用火的社团也没几个吧？”

新生，你小看神山高中社团的多样性了。你不会知道什么社团要做什么。在这所学校里，搞不好古籍研究社会请大家吃炸杂锦盖饭和猪肉蔬菜酱味汤。

不过，确实可以把范围大幅缩小。

千反田嘟囔：

“啊……对了，我怎么给忘了呢？”

千反田也去看了在体育馆举行的入学教育。她的记忆力比我强，所以记得很正常。

“是御烹饪研。他们说会在新劝祭上提供野菜做的菜肴。”

我点头。

那个御烹饪研有给新生们提供菜肴吗？不，他们什么也没有提供。他们正在我眼前和新生说：“去活动室，我们会给你们做东西吃。”邀请他们过去。

“是不是野菜不够用？”

“野菜吗？与其因为这个原因将大桌子让给糕点研，他们会随便做点其他东西吧。”

“怎么可以说是随便呢。请说，他们应该会用现有的食材做其他菜肴吧。”

“他们应该会用现有的食材做其他菜肴吧。”

千反田瞪着我。你让我说我才说的。

“不是，是更大的失误，使他们无论如何也不能为新生提供菜肴。”

“是不是因为没有完全去掉涩味呢？所以无法食用。”

“那也不算严重吧。只要扔了，用现有的食材重新做就是了。就算所有材料都用完了，那也不能成为放弃大桌子的理由。

“御烹饪研犯下了就算要和糕点研交换桌子也必须隐瞒的失误。如果按照原先的安排使用大桌子，在上面放上火炉，被经过的人怀疑‘为什么料理研火炉都带来了却不做菜呢’的话就麻烦了。我敢跟你打赌。御烹饪研也和糕点研一样没有摆出招牌。”

大日向也说了，不挂名牌的人肯定做了见不得人的事。

我的声音不知不觉地变小了。也许在嘈杂的环境中很难听见，千反田把脸凑过来。大日向也探出身子，把晒黑的脸凑过来。她小声问：

“会犯下那么严重的失误吗？这样说可能不礼貌，那充其量就是社团的人亲手做的菜肴吧？不会成为那种无论如何也要隐瞒的失误吧……”

如果你认为不会，你还是太天真了。

“那可是食物啊。有一种失误，如果是餐厅的话，一次就足以受到停业处分。”

“……难不成。”

我点头，把声音压得更低。

“是食物中毒。”

3. 现在：四点一公里处：剩余十五点九公里

结果我那天的主张某种程度上猜对了，千反田认为可能野菜不够的主张也有一部分说对了。

御烹饪研在野菜的准备上出错了。据说他们原本打算做蕨菜的酱汤，可是午休时试吃的社员说肚子疼。

既然他们打算隐瞒食物中毒的事实，很可能连卫生室都没有去。我一说完，千反田就冲了出去。那个时候，千反田似乎想到了食用野菜中毒的可能性，并且认为如果是那样的话就不能轻视。

虽然她说“可能需要人手”，但是总得留个人在新劝祭。就在她犹豫的时候，大日向提出：“啊，那么，我来帮忙。”然后就跟着千反田去了。后来事情的经过我是从大日向那里听说的。

“千反田学姐果断走进了烹饪实习室。御烹饪研的人一开始都装糊涂，可是学姐摆出一副已经知道一切的样子，把吃坏肚子的学生拉了出来。她好像在御烹饪研有熟人，事情很快就解决了。”

“到处都有千反田的熟人。那个人的情况怎样？”

“不是很严重。虽然很想让他回去休息，但是感觉得先让情况稳定下来。大体上了解了症状后，学姐出去了一次，然后带回一个像未来的大夫一样的人。听说那个人家里是开医院的，是个很有威严的人，但她看上去好像很为难的样子。”

那个人大概是入须学姐吧。虽然大日向说她看上去很为难，但我觉得那大概就是她平常的表情。

“她让那个学生用盐水将胃里的东西吐出来，然后说：‘稍微观察一下情况，如果情况恶化的话就带他去我们那儿。’去医院的话就穿帮了吧。”

“一旦发生食物中毒，医生会向保健站通报。”

“那是义务吗？不是有保密义务吗？”

“不清楚。”

“还好，那个人吐完后就好了。”

太好了。

御烹饪研的失误被隐瞒了。据大日向说，作为不告发御烹饪研隐瞒事实的条件，千反田用很严厉的语气教了料理研的人处理野菜的方法。

那个时候，我在无人问津的古籍研究社的桌子前读着短篇集。

事情告一段落后，大日向就像刚来的时候那样，咧着嘴笑着说：

“我要加入你们的社团。你们的社团叫什么来着？”

千反田应该问了她。

“可以吗？我们还什么都没有说明。”

“没关系。”

然后她依次看了我和千反田，又笑了。

“总觉得你们的气氛很融洽。对我来说，看着关系好的人是最幸福的事情。”

我不记得自己对此说了什么。

坡度在不知不觉中变陡，超过我的同班同学里大口喘气的人越来越多。虽然我并没有那个意思，但我也不知不觉地转为了步行。我好像太专心于思考了。

高一与我同班的男学生从我身旁跑了过去。那小子应该是高二C班。C班的人已经追上来了。而且我是现在才发现，所以可能在很久之前就被追上了。

我回头寻找伊原的身影，神山高中的学生排成一列爬坡的样子就像勤劳的蚂蚁一样。如果我总是走的话，最后很可能会像蝈蝈儿那样落得死在路边的下场。我转过头来仰望前方，斜坡的顶端就在眼前。结果这个山丘的上坡路我好像几乎都是用走的。虽说和我预料的一样，但算不出和伊原之间的距离是失误。仿佛要弥补之前偷的懒一般，我跑完了山顶前最后一小段上坡路。视野开阔了。可能是我的心理作用，吹来了清凉的风。虽然我记得到顶后马上就是下坡路，但是我记错了。前面是一百米左右的平路。路边有个小祠堂。虽然不知里面供奉的是什么，但我姑且在心里合十双掌。前面的路还很长，未决的问题还有很多。有困难的时候就该那什么。

路两旁的草木被砍去，有几间民房，从墙壁的颜色就能看出很古老。一台崭新的自动售卖机孤零零地摆在那里，显得很不协调。

我决定慢慢走完这段平坦的路。也许因为刚跑上一段陡坡，除了我以外还有很多人在走。一个大个子从底部一口气冲上来后，啊的一声吐出一口气，然后撑着膝盖停了下来。他也许决定唯独这个斜坡要全力跑完，但是以那种状态撑得到终点吗？这还是赛道最初的一段啊。

虽然没有任何根据，但我相信伊原还在后方。如果要被她超过，最好是在这段短暂的平路上。在前面的下坡路一边被她超过一边和她说话感觉会很辛苦。为了被她在这段路上超过，我慢吞吞地向前迈步。

伊原啊。

得知大日向加入的时候，她有什么样的反应呢？

我记得里志的反应。那家伙应该就像平常一样用很夸张的措辞，对有一个人加入表达了祝贺。说什么“哎呀，我想象不到奉太郎劝人加入的情景。这简直就是奇迹啊”，然后他问了大日向各种问题，例如镝矢初中有什么变化，谁被调走了等。

但对于伊原我却没有那样的印象。意识到的时候，她们已经变得很亲密了。但伊原和千反田也是不知什么时候就成为了朋友。虽然伊原给人的印象很不友好，但她可能并不怕生。论身高大日向要高得多，但奇怪的是她们两个站在一起说话，伊原确实更像长辈。

忘了是什么时候。

“小日，你看上去很像是搞运动的人。皮肤也晒得很黑。”

伊原说完的时候，大日向有点难为情。

“虽然滑雪时晒黑了，但我的皮肤本来就有点黑。”

“哦，原来你会滑雪啊。在这附近？”

“是的。今年还去了岩手。”

“不是单滑雪板？”

“是双板。你是用单板的吗？”

“我都不会。”

我回忆这样一段无聊的对话。

我记得她们两个一直在笑。

我一边走，一边不停地回头看。

我猜对了。当我走到平路中间的时候，伊原从斜坡出现了。

她夹紧双腋，眼睛看着脚下。刘海挡住了她低垂下来的脸。她也许是认真跑上那段陡坡的，可以看出她的呼吸很急促。尽管步幅很小，但一进入平路双臂摆动的幅度就稍微变大了。她很有节奏地跑来。

我配合她的速度，和她保持一个人的距离并排跑。

“伊原。”

我叫她。她斜着眼看了我一眼。

然后如同我预料的那样，她默默地加快了速度。因为我已经猜到她会这样做，所以我也追了上去。

“一句话。伊原，就一句话。关于大日向的。”

伊原还是没有看我。不过我听到她用呼气的嘴巴说了一声“说”。

我已经想好要问什么了。

“昨天，你遇见从活动室出去的大日向吧。你听到她说不会入社。”

她点了下头。

“当时，大日向是怎么说千反田的？我问了里志。他说大日向说千反田‘是像菩萨一样的人’。真的一字不差吗？”

伊原这才把头转过来。我看见她痛苦的眼神中一瞬间流露出了困惑。

她的视线很快回到脚下。也许是想利用这段没有坡度调匀呼吸，她的呼吸很长。

本以为她会反感，所以我故意和她保持一段距离。可她突然主动缩短跟我的距离。我和她并排跑了几米。在这段时间，她不带停顿地回答了我的问题。

然后我放慢速度。伊原保持原来的速度，消失在了下坡路。

她的话留在我的耳中。伊原是这样说的：

“不对。小日是说‘千反田学姐看上去像菩萨一样’。”

第二章　朋友必须庆祝

两人距离的概算

It walks by past

1. 现在：五点二公里处：剩余：十四点八公里

下坡的时候我没法思考。

辛辛苦苦地跑上来，又要一口气消耗掉辛苦积累的高度跑下去。如果这是我自己选择的道路，我一定会认真反省，反正要下去，为何又要浪费能量爬上来。

上坡路大部分是缓坡，可下坡突然就变成像鹎越那样的陡坡。路两旁再次被杉林遮挡，看不到远方的景色。还有很急的弯道，如果速度太快的话可能会掉下去。踏出的每一步脚步声都不一样。稍不留神，跑鞋就会用力撞击在沥青路面发出很大的声音。那样跑膝盖会吃不消的。我自然而然地缩小了步幅，跑得很小心。

这段路要用跑的。虽说跑得太快会伤到脚，但是在下坡路容易提速是理所当然的。如果不在二十公里的赛道各处设置让人能认真跑的地方，就没法在黄昏前回到学校。

于是，我集中精神跑下坡路。

可是，伊原那句耐人寻味的话，伊原听见大日向说的话，一直萦绕在我的脑海中。

像菩萨一样。像菩萨一样。

虽然觉得这个吉利的词语有点毛骨悚然，但因为坡度太陡，让我无法集中精神思考这句话的含义。

下坡路有个急弯。轻松超过我的男学生由于速度太快刹不住车，冲到了赛道外侧。我有点没刹住。不知从什么时候，不断地传来跑在前面和后面的神山高中学生零零星星的踩踏柏油路面的声音。

我以“外—内—外”的路线过了弯道后，正前方的视野顿时变得开阔。可以看见远方依然覆盖着积雪的神垣内山脉。虽然并没有从那里吹来寒冬的风，我却忽然感到一阵寒意。

里志骑山地车跑到前面，伊原也走了。我想在千反田追上来前整理一下思路。

跑下山丘后就进入平路，我立刻放慢速度。

印象中，我没有面对面和大日向长谈过。可是，大概是因为大日向入社的缘故，发生了一件以前无法想象的事情。如果问题不在我和大日向的关系中，而是存在于千反田和大日向的关系中的话，那说不定是一件大事。

我不太愿回忆起那天发生的事情。怎么说呢，虽然不至于后背冒冷汗，但现在想起那件事还是会让我焦躁不安。

那天是几月几日礼拜几我都记得很清楚。

那天是礼拜六。

2. 过去:二十七天前

那天早上我起得很晚。

因日历的关系今年的黄金周被取消了，但还是有三天的连休，所以前一天晚上我很晚才睡。也没什么要做的，只是因为明天开始就是连休了，所以就熬夜看书看电视。

快到中午的时候我磨磨蹭蹭地起了床，发现客厅没有人。老爸是去上班了，老姐在做什么就不清楚了。可能在家，也可能不在日本。我毫无顾虑地打着哈欠，咚地坐在沙发上。

电视遥控器放在矮脚茶几上。打开电视换了几个台，没发现特别有意思的节目。我本来就还有点困，所以觉得电视的声音有点吵。我把没读完的袖珍本从房间拿出来，靠在沙发上翻开了书页。

一行还没读完，我就从书里抬起头，自言自语地说：

“好暗。”

窗帘被拉上了。虽然拉开就是，可一旦坐下就懒得起来。我合上书，再次拿起电视遥控器。桌上放着烟灰缸和招财猫。

这只招财猫很怪，不知道是做工差还是故意做成那样的，猫的嘴角看上去像在偷笑。虽然就和其他招财猫一样拿着小金币，但金币上写的不是“招福”“大吉”“千万两”这种让人精神振奋的词语，而是只有一个“吉”字。买这只一般吉利的猫的人自然就是我姐。我很好奇到底是在哪里买的。

内部中空，装有发条装置，让手会做出招手的动作。老姐有效利用了这个结构对它进行了改造，让它能够发射红外线。反正是不可见光，可是姐姐却特地改造了一番，让光束从它的眼睛射出。

“那只猫，会发射光束。”

听见她这样说的时候还以为是怎么回事，冷静地想想，电视遥控器也会发射红外线光束。总之她就是在招财猫里面装了个遥控器。

接收机安在天花板的日光灯上。只要让它的手做出招福的动作，招财猫的眼睛就会射出光束控制日光灯的开关。从日光灯上垂下来的绳子被拆掉后，房子变得简洁了。但是这样的喜悦只持续了很短暂的时间。绳子是没了，但招财猫从此就赖着不走了，不管怎么看都是更碍事了。至少也应该放只更可爱的猫。

现在招财猫位于桌子的另一头，我的手够不着。我抓住电视遥控器就是因为这个缘故。我要把这个当成棍子，按动招财猫的手。看上去够得着，但实际上不够长。虽然把屁股抬起来就能够到，但抬起屁股就等于站起来了。就在我伸长了手，坚持要坐着按动猫爪子的时候，身后传来一个声音。

“你是打算彻底钻研懒之道吗？”

节能之路没有尽头，仍然看不到顶点。回头一看是老姐。她好像刚洗了澡，头上盖着条毛巾。她走进厨房。

“喝咖啡吗？”

她问。

“喝。”

“那么，顺便帮我冲一杯。”

你不是要自己冲吗？那你去厨房干吗？

因为对咖啡的渴望被彻底勾起，所以先前为了不站起来而做出的努力全白费了。我拍了下膝盖，打起精神站起来，走进厨房开始烧水。姐姐背对着我看着冰箱，不一会儿找到一块三明治用嘴衔着。我不知道为什么冰箱里会有这种东西。我家的冰箱里经常会有佃煮蜜蜂幼虫和袋鼠肉做的肉饼等奇怪的东西。和那些东西相比，三明治算是正常的。

“你是要擦头发还是吃东西。”

我批评头上依然放着毛巾的姐姐，但是她没理我。她拿出一个鸡蛋，把它放在水池里像陀螺一样旋转。鸡蛋立刻失去平衡，没有转起来。

“哎，是生的呀。”

从她说的话来看，她刚才似乎是在区分是生鸡蛋还是熟鸡蛋。我昨晚确实做了煮鸡蛋，可是半夜就吃掉了。奇怪的是为什么她知道我做了煮鸡蛋，哎，她大概是发现了什么痕迹吧。

她好像没找到其他像样的东西，于是用腰把冰箱门关上，在准备咖啡杯的我身后问到：

“对了，感冒好了吗？”

“感冒？”

“不是很严重吗？”

我想了一下回答：

“这都什么时候的事。”

这个月我的确得过一次感冒。

有一天，千反田打电话来，说春祭的人手不够请我去帮忙。考虑再三，我还是决定帮忙，于是出了一趟门。那实在是很不可思议的一天。我有点不敢相信那些事情全都是在一天内发生的。但我依然清楚记得包含早开的樱花在内的景色十分美丽。

而且那天很冷。特别是太阳下山后。我说冷，千反田却坚称已经是春天了所以不冷，虽然也不一定是那个缘故，不过第二天我就病倒了。在深夜老姐回来前，家里只有我一个人，又是发冷又是发热又是肚子饿，真是倒了大霉。

老姐说的是那时的事。可是那时还是春假，我两天就痊愈了，最后正常出席了开学典礼。

“将近一个月前的事了。”

“咦？都过去那么久啦。小孩长得真快。”

她一边开玩笑，一边拍了下我的脑袋。然后乱抓我的头发。

“整理一下你的鸡窝头。”

还找我茬。

回头整理一下。

让人冲咖啡，结果自己就喝了几口。我还在厨房的时候，她走到客厅，说了声“啊，到点了”，然后又回到自己房间。我躺在沙发上看书，过了三十分钟左右她又回来了。

“喂，你今天也哪儿都不去吧？”

没有安排。可是“今天也”这种说法让我很不爽。我看着书回答：

“啥都没想。”

“不晓得你的生涯移动距离有多长。”

“姐弟的移动距离是此消彼长的。”

然后，她嘲笑似的说：

“你在弥补我移动了的量吗？你可真好人。”

我正通过窝在家里来补偿姐姐浪费的汽油、航空燃油以及其他各种各样的移动成本。我的节能主义是代替不懂事的姐姐对人类文明的赔罪。

“可怜的孩子。”

说话真是不留情。

“算了，拜托你保持这种状态到下午两点半。”

“是让我看家吗？”

“嗯。如果没人来的话，之后就随你便吧。”

我没有出门的打算，但被人要求不要出门总觉得不舒畅。我依旧看着书说：

“礼物。”

老姐好像已经开始穿鞋了。从玄关传来她的声音。

“那，我给你买蜡烛。你很喜欢吧？”

都多久以前的事了。

但听见她提到蜡烛，就知道她没有忘记今天是什么日子。不过她好像不打算为我庆祝。

小时候，我的确很喜欢吹熄插在蛋糕上的蜡烛。

今天是我的生日。

让我看家到两点半是什么意思？读完袖珍本后，我趴在沙发上思考。以她的个性，肯定又在打什么鬼主意。既然她让我在家等，肯定有什么东西要来，会是什么东西呢？

一般会认为那个时候生日礼物会送到。因为一般，所以是错的。折木供惠不会那样做。而且就算会那样做，她也不会指定在两点半这个不早不晚的时间送来。

老姐刚才说：“如果没有人来，之后就随便你吧。”就是说来的与其说是货物，不如说是客人。在生日的时候到来的客人……不对，认为那和生日有关本来就是错误的。来的可能只是收费员或传阅板报。认为她一定会设陷阱是错误的吗？太怀疑自己的亲生姐姐也不好。

我这样告诉自己听，可还是抹不去不祥的预感。因为我老是看时钟，所以总觉得时钟的指针走得很慢。

因为没有食欲所以就没有吃中午饭。读到一半的书已经读完，剩下的时间又不够开始看下一本书。于是我打开电视，发现正在放旅游节目。看着完全不认识的人在高级旅店品尝美味佳肴，时间一分一秒过去。

然后时间过了两点。

仔细想想，“到了两点半如果没有人来的话”这样的说法并没有说两点半就会发生什么事。那指的是时间的限度。如果我对里志说：“如果我两点半还没到的话你就自便吧。”意思就是说，“按理说我应该能更早去到，但可能会迟到。如果我三十分还没到的话就当我去不了了”。

所以当到了两点零五分门铃声响起的时候，我相信那就是姐姐所暗示的客人。来的是鬼还是蛇呢？我怀着那样的心情站起来。

我穿着拖鞋走下玄关，从猫眼往外看。

站在外面的既不是鬼也不是蛇。既不是收费员也不是传阅板报。

“啊，可恶，原来是这么回事。”

我不禁自言自语地说。

门外有四个人。里志、千反田、伊原、大日向。

也许察觉到动静，里志透过猫眼往里面看，然后坏笑着举起一只手。先把各种问题放到一边，有一点我要感谢老姐的。

还好她刚才提醒我整理头发，我已经把睡乱的头发整理好了。

既然来了也没有办法，总不能赶他们走。

我先把他们带到客厅，让他们在桌子旁坐下。千反田和大日向坐沙发上。里志和伊原则坐在坐垫上。

里志穿一件POLO衬衫和工装裤。伊原披着白色的派克外套。千反田上身穿一件浅桃色针织衣，下面是一条过膝的裙子。大日向穿着印了图案的衬衫加牛仔裤。她们都穿着平时很少见的私服。我睥睨着他们，嘟囔道：

“诸位，这是什么鹅？”

“你在说什么？”

从坐姿端正的伊原口中冒出了很没礼貌的话。大日向说：“啊，是朔太郎。”里志没有理会她，笑着说：

“你是想问，今天刮的是什么风吗？”

我默默地点头。

他们肯定是来给我庆祝生日的。因为大日向带来了一个绑着缎带的盒子，盒子的侧面印着蛋糕店的店名，那间店连我也认识。里面是一整个蛋糕。所以我没问他们是来做什么的。

但是，尽管我和里志初二就认识了，但从来没有想过要给对方庆祝生日。就算这家伙突然想起要给我过生日，也不可能把古籍研究社所有人都带来。因为古籍研究社不是那样的集体。

各人随自己的心情来到活动室，制作文集的时候互相协助。但我们的关系没有亲密到会做出聚集在谁的家中，把关系带出学校。我是这样认为的。我想其他的人也是这样认为的。今天彼此的距离仿佛突然缩短了，搞得我有点不知所措。

“突然拜访，给你添麻烦了……”

千反田不安地说。我不认为他们给我添麻烦了。

“我很吃惊。”

“我想也是。”

里志耸了耸肩。

“我也很吃惊。虽说正好谈到那里，但我没想到会实现。”

我有两个问题想问。

“为什么你们知道今天是什么日子，是谁提出要来的？”

“说来话长……”

仿佛在思考该从什么地方说起般，千反田侧着头。

“大日向同学问我们有没有组织过像派对那样的活动，我说举办过文化祭的庆功会，她又问除了那次以外还有没有，我说没有，然后……”

看来确实要说很久，伊原接过话茬：

“我说你的生日快到了，小日就提出要办一个生日会。”

她很快做出总结。

“你记得我的生日吗？”

“只记得在四月。做了那么多年同班同学，一般都会记住吧？”

“我不记得了。”

“那是因为你没有礼貌。”

说来，伊原有很多机会得知我的生日所在月份。因为我和她小学初中一直同班，特别是小学时有像“本月生日的小伙伴”那样的布告。只要知道我是四月出生，再去调查一下以前的班级文集大概就能查明我的生日。

但要有动机才会去调查那种事情。就是说主犯是大日向。

“那，是你提起的？”

我盯着大日向。大日向在客厅四下乱望，和我对上视线后大大方方笑着说：

“朋友的生日必须庆祝。”

这个信条是否正确暂且不说，不是可以安静地一个人庆祝吗？

“况且，有人给自己庆祝，不会有人不高兴的。”

她说得很肯定。听见她这样断言，我也觉得好像是那么回事。耶。

但遗憾的是，还没有人和我说生日快乐。

“话说回来，你们居然全都到齐了。”

就算大日向提出要办派对，我也不相信全部人都会参加。千反田也许是重视新人的希望，但我实在想象不到要怎样做才能请到伊原。大概猜到我在想什么，伊原板着脸说：

“我们傍晚要去看电影，所以只是顺便给你办两个小时的生日会。”

是吗。

“我们买了饮料，你拿杯子出来。”

你应该把纸杯也买来的。里志拿着纸盒装的点心，但比起打开盒子直接吃，还是放在点心盘子上比较好。木制的盘子记得是放在橱柜里。如果大日向的盒子里装的是蛋糕的话，等会还要用到刀和盘子。不知道小盘子够不够。当然还要用到勺子。还是说叉子更好？

我离开座位。正当我在厨房里找东西的时候，我忽然有个疑问。

如果这是庆生会，主角就是我。

但是为什么只有我站着四处忙活。

我捧着餐具回到客厅，烟灰缸、看完的书和电视遥控器已经被收到餐具柜上。唯独招财猫依然坐在桌子的角落，露出那张难看的笑脸。

里志带来的糖果是很精致的饼干。因为千反田说“配上果酱应该很好吃”，所以我又准备了小盘子，从冰箱里找出酸橙的果酱。一看见那个瓶子，大日向立刻欢呼。

“哇，那不是‘蜜福露’的果酱吗？”

我看向标签，上面写着“Millefleur”。要不是她说出来，我可能就读成“麦福露”了。我没有让他们察觉到我的心情，挺起胸膛说：

“没错。”

“居然若无其事地拿出了‘蜜福露’，真不能小看你啊，学长。”

大日向高兴地说。她是个天真的好孩子，但在场也有人很狡猾。伊原怀疑地问：

“你认识这个品牌？”

“不，不认识。”

“那你为什么装出一副认识的样子。”

“我在装门面。是我不对。”

我向她致歉，然后再次问大日向。

“那是什么？”

无谓的虚荣心被发现后，大日向用非常冷淡的目光看着我，但很快就转换好心情，拿起果酱的瓶子。

“那是一家专门销售果酱的店。非常有人气。我也买过，味道很好，对得起它的高价钱。”

“很贵吗？”

我看着瓶底，忍不住问。

“是啊。不过只是以果酱来说。”

我想象不到有着健康的小麦肤色的大日向穿着短袖，去专卖店买果酱的情景。但是不可以以貌取人。

“那么好的果酱，用来配饼干会不会有点浪费？”

里志有点担心，但千反田笑着说：

“有什么关系呢。”

于是就这样决定了。

大日向说带来了打火机。她说的大概是用来点生日蜡烛的打火机。准备得很充分，但现在还没轮到蛋糕出场。

伊原带来的饮料是装在一个像香槟酒瓶一样的瓶子里，味道很像香槟的碳酸白葡萄汁。我一开始拿出了咖啡杯。

“哎，奉太郎，再怎么说这也太没情调了吧。”

因为有人提出了这样的要求，所以我就拿出了一直搁在橱柜里从来没用过的待客用玻璃杯。杯子很矮，没有脚，雕刻的花纹像水晶一样闪闪发光。

“这叫什么来着？”

伊原问。

“玻璃杯。”

我告诉她，但她不理我。

“不是平底大玻璃杯，也不是高脚杯。”

“是雕花玻璃杯吗？”

大日向说，但好像也不对。

“那是装饰的种类。我说的是，这种形状的玻璃杯叫什么来着？”

“箱子上写着威士忌杯。”

伊原的表情有点不甘。

虽然有脚的杯子更合适，但家里没有所以没有办法。可能有，但我不知道在哪里。另外因为威士忌杯只有四只。

“哎，只有你用普通的杯子吗？”

所以只有这样。不管怎么看，主角的待遇都太差了。

所有人都拿到果汁后。

“那么，请说祝酒词。”

大日向说。里志和伊原互相使了个眼神，然后就跟算好了似的同时看向千反田。可能也料到会交给自己，千反田没有拒绝，拿起杯子。

她仿佛不知该怎么做似的露出一个暧昧的笑容，开始致辞。

“呃，今天是折木同学的生日，我们在此为他庆祝生日。按理说应该带上礼物的，但因为太急所以来不及准备，非常抱歉。”

“你们来了就是最好的礼物。”

插嘴的不是我，是里志。不要擅自捏造别人的心情。

“你这样说，我就放心了。”

请不要因为捏造出来的话而感到放心。

“你是我们当中最早进入十七岁的。那么，那个……祝你生日快乐。干杯。”

我们举起威士忌杯和杯子，轻轻碰了下杯。大日向看上去比过生日的我还要高兴。

这样就少了一件担心的事。

虽然我并不是很想有人跟自己说生日快乐，但我刚才很担心他们会吃饱喝足就拍拍屁股走人。到了干杯的时候，我终于听到了那句话。

然而，我还有一件担心的事。

是那只招财猫。

为什么它留在了桌子上。我去拿餐具的时候，她们收拾了桌子。其他东西都被收到了餐具柜上，但唯独招财猫留在了那里。

是偶然吗？不，在桌子上的东西里它最占地方的。接下来就要在桌上摆食物了，一般那应该是首先要清走的东西。就没有人问为什么那个东西还坐镇在桌上吗？

我已经犯了一个错误。没想到那瓶酸橙果酱是那么昂贵的东西，没有多想就拿出来了。还好话题被岔开了……

今后得多加小心。

里志的饼干带有一点咸味，确实很适合沾果酱吃。虽然我觉得甜的果酱可能更合适，但那个叫什么爱福露的酸橙果酱的酸味也别有一番风味。

“福部学长，你以前来过这里玩吧？”

被大日向这样问，里志看了我一眼。

“……没。”

“没有。”

“以前来过附近，但是在公园碰头。是想来借东西。”

我侧了侧头。我以前的确让里志在附近的公园等我，我再过去找他。可是——

“是吗？我怎么记得你是来还我什么东西。”

虽然只是两年前的事情，但已经记不起来了。虽说想不起来就表示不是什么重要的事情，可是意见产生分歧总让人觉得不自在。正当我在思考的时候，大日向说：

“是不是来过两次，一次是来借东西，一次是来还东西？”

的确有道理。

“但是，没有来到家里吗？”

“我认为那种事情不用去到家里也能解决。”

大日向哼地嘟囔了一声，把威士忌杯放到嘴边。

“那还真是干脆。如果是我的话可能会顺便去到家里。是不是因为你们是男生？”

里志歪着头说：

“不能那样说吧。因为我们是只追求君子之交的那类人，所以不能当成普遍现象。”

“是哪一方？”

“双方都是。”

的确。

“是吗？原来还有这样的交往方式啊。”

她把一块饼干放入口中，然后抬起头再次问道：

大日向陷入了沉思。身为一个男人，我并不认为我和里志特别喜欢君子之交。这种情况很平常吧。虽然大日向有点男孩子气，但从她会说出这种话来看，她身边可能没有知心的男性朋友。

“我可以问一下吗？学长你的房间是什么样的？”

我的房间呀。我有点紧张。

“很普通。有床有书桌还有书架。”

“有摆什么装饰品吗？”

我觉得没什么特别的。以前有没有在墙上贴过什么呢？就在我闭上嘴巴开始回想的时候，摸着招财猫脑袋的伊原突然插嘴：

“别问了，小日。他也是有隐私的。”

然后瞟了我一眼，冷冰冰地笑了。

“男生的房间里有什么东西都可以想象得到吧？”

虽然不知道她想象到什么，但我可没有放见不得人的东西，所以不要对我露出那种轻蔑的笑容……只有一点而已。

“我想象不到。”

大日向嘟囔了一声。里志笑着对她说：

“例如教材啦。”

我也接着说：

“参考书啦。”

“还有词典。”

“那当然。”

伊原冷眼看着我们。

“你们傻不傻。”

点心盘里的饼干以很快的速度减少，吃完大概就轮到蛋糕上场了。我就说怎么吃得特别多，那么一说我没吃中午饭。然后突然想到——

“对了，你们吃中午饭了吗？”

四个人的反应各不相同。

千反田回答：“吃了一点。”大日向回答：“吃了。”伊原说：“早上起得晚，所以还没吃。”里志回答：“没吃。”

身为主角又是主人的我应该关心一下客人。

“要不叫比萨吃吧？”

“咦？那怎么行，让你请客多不好意思。”

千反田很客气。可是那怎么可能——

“当然要AA制啊。”

“啊……说、说得也是。”

但是里志从旁插嘴：

“哎，我也想吃比萨。我原本是打算买比萨来的。因为那正适合很多人吃。但我给忘了。”

“比萨店休息吗？”

“礼拜六休息什么时候赚钱。不是，其实……”

他看了一眼伊原。与迟疑不决的里志相反，伊原就像平常一样直接。

“我不吃奶酪。不好意思。”

“……是吗？我都不知道。”

“你知道我的好恶才奇怪。”

学校提供的伙食里面可能有奶酪，所以就算知道也不奇怪。可是我却不知道。她刚才也提过，我可能是有点没礼貌。

“你也不吃奶酪吗？”

把整块饼干插进果酱里，再整块扔进口中的大日向探出身子。

“嗯，不太喜欢。不是不能吃，但就是不喜欢。”

“不喜欢味道吗？”

“可能是气味。冷冻的薄奶酪没有气味，所以没有问题，但一加热就不行了……你也不吃吗？”

被伊原问到，大日向咧着嘴笑。

“我的朋友说，腐败的橘子和牛奶就应该扔掉。”

每次说到不便说的话时就拿朋友作为例子是大日向的习惯吗？伊原无奈地苦笑。

“如果我能做到那么决绝就好了，可是那就像是弱点一样，让我很不爽。我会在成年前改掉这习惯的。”

她一定会跑到比利牛斯山上修行，一天三餐都吃奶酪来克服对奶酪的恐惧。当她下山的时候也许已经顿悟了。这就是后来席卷世界奶酪界的伊原乳业的起点。也许吧。

不喜欢味道的话不吃就是了，但闻不得气味的话光是点了就够呛了。仔细看比萨店的菜单的话可能会找得到没有奶酪的比萨，但也不是非叫不可。而且饼干意外地多。

“话说回来，折木学长对伊原学姐真的是完全不了解。你们小学不也是同班同学吗？”

“是啊。”

“你干吗一脸得意。”

我没得意。

原本不停地把手伸向点心盘的大日向突然停住了。她惊讶地看向伊原。

“那么说，伊原学姐也没来过这里玩吗？”

“怎么可能。虽然学区一样，但我和他住得并不近。”

“咦？可是。”

依次望向坐在同一张沙发上的千反田、里志和伊原，大日向侧了侧头。

“我们这一路上都没有迷路吧？我还以为有人来过呢。”

我觉得时间好像停顿了几秒。

还是提到了吗。

因为话题转移到我的房间，所以我就大意了，以为不会提到招财猫。万万没想到，话题居然会从叫比萨发展到那里。

我不知道伊原吃东西的喜好，表示我和伊原的关系的确不深，也就表示伊原没有来过我家。的确存在关联。或许是我自掘坟墓。

事到如今还能岔开话题吗？

不，恐怕已经晚了。话题已经被提起了。如果现在强行插话的话，很可能会让他们好奇为什么我要回避那个话题，引起不必要的注意。大日向的提问很危险，很可能会和招财猫的真相产生直接联系。不过现在还是擦弹的阶段，不是直击弹。

尽管很苦恼，但我只能一边祈祷他们快点转到其他话题上，一边在一旁等着。

希望那家伙也能理解现在的情况。

伊原看向里志。

“喏，是你带的路吧？”

里志的语气有点困惑。

“我只记得地图。虽然这一带的路有点错综复杂，但我很擅长背地图。地图是……”

“是我准备的。”

千反田接过话茬。

“嗯，是千反田同学给我的。”

“看，就是这个。”说着，他从口袋里拿出一张地图的副本。那似乎不是记载着居民详细信息的高价的住宅地图，而是神山市制作的室内地图。我家的门牌号上被画了个红色的记号。

“啊，我懂了。因为小千以前来过。”

听见她这样说，千反田全身僵住。

“喏，就是去年那回。暑假里入须学姐请我们去看录像带电影的时候，你不是来叫折木了吗？”

“啊，不是的。”

我记得很清楚。的确发生过那样的事，料到我会偷懒的千反田亲自过来接我。可是那个时候——

“我按照福部同学的指示来到附近,但没有找到折木同学的家。”

她打来电话跟我说:“我过来接你了。可是我现在迷路了，所以请你过来接我。”虽然已经来到很近的地方了，但并没有来到玄关前。

“不过，既然已经知道地址，只要有这个市的地图。”

“哎，是这样啊。”

似乎已经明白了，大日向笑着说：

“这里的地址可以查到。比如，呃……通过什么方法。”

自己的话让她的表情变得阴沉起来。

“什么方法？到底是什么方法？”

这个高一学生总是在一些奇怪的问题上纠结。像现在这样并排坐在沙发上，完全没有相似的地方，但是大日向和千反田的本质可能很相似。

“啊，贺年卡！”

大日向露出满面笑容。但里志又多嘴说：

“但奉太郎不会做那种麻烦的事情。”

不，我有想过寄。只是我也遇到相同的问题。也就是说，我也不知道大家的住址。

“是吗？”

大日向不禁忘记了敬语，并且用怀疑的目光看向我。

“给朋友寄贺年卡是理所当然的啊。”

“不用，反正新年的时候已经见过面了。贺年卡是寄给不能直接见面的人的吧。”

“话是这么说，可是我能和你拜年不是因为我打电话叫你出来吗？”

千反田扑哧一笑。里志也把吃了一半的饼干放下，笑着说：

“啊，今天的正月可有意思了。因为摩耶花——”

他刚开口，被伊原冷冰冰地瞪了一眼后又不敢说了。虽然不是强制参加，但伊原对自己在神社做兼职巫女一事感到很难为情。大日向当然是一头雾水。

“伊原学姐怎么了？”

“别说那个了。刚才不是在说折木的住址吗？”

她硬是把话题拉了回来。如果继续追问正月的事，说不定可以彻底结束住址的话题。可是那样做会招致伊原的怨恨。那也不是件好玩的事。

就在我犹豫不决的时候，伊原就好像在说为什么这么简单的事情都察觉不到似的没好气地说：

“是从毕业文集上找到的吧。我记得上面有写。”

“原来是这样啊。说得也是。”

她点点头，但马上又侧起头。

“但我听说千反田学姐不是镝矢初中的。”

“不，她说对了。”

千反田本人终于开口了。

“折木同学在初中时代的朋友里，有一位叫惣多的人。因为家里面的事情，我和他见过几次面，所以我请他把毕业文集借我看。”

听见她这样说，伊原和里志同时大喊：

“哎，你怎么不告诉我们？”

“是吗？为什么不跟我们说？”

被她们两个人责备，千反田很少有地蜷缩起肩膀。

“我本想拜托你们的，但最近总是见不到面，在活动室见到又给忘了……而且我碰巧有事要去惣多同学的家，所以就……”

“那么说来，当年班里是有个叫惣多的人。不过和折木好像没有什么交集。”

的确没有什么交集……虽然他总是发呆，但足球踢得很好。我和他互相借过几次书。

“他的父母很有来头来着？”

“是市议会议员。但完全没有架子。”

里志装模作样地鼓起腮帮，夸张地摇头。

“哎，毕竟是千反田同学。我知道你的人脉很广，但没想到连奉太郎初中时代的朋友你都认识，佩服佩服。”

“不，真的只是碰巧而已。”

“莫非你也听说过我以前的传闻？”

也许是想报复不听她解释的里志，千反田优雅地双手交叠放在大腿上，面带微笑地说：

“我想想……像以为麦克风已经关了就在广播室里唱歌这样的

传闻，我没有听说过。”

过了一会儿。

“啊哈哈，对，是有那么回事。”

伊原大声笑了起来。事情发生在我们初中三年级那年的秋天。那是一起有趣而悲痛的事件。

“小千，你居然连那种事情都知道。你不说我都给忘了。”

自找麻烦的里志脸上挂着嘲弄的笑容僵住了。里志对大部分事情都能一笑带过，但唯独对那件事情他没法笑出来。

我在内心向他道歉。因为把这段逸闻告诉千反田的人正是我。

顺便一提出于武士对弱者的同情，我没有告诉千反田里志当时唱的是蹩脚的HIP-HOP。

千反田谦虚地说：“过奖了。”但大日向的反应却很奇怪，只见她惊讶地睁大眼睛，张开嘴巴。

终于要开蛋糕了。我把点心盘和装果酱的小盘子收拾好。往返于客厅和厨房将餐具收拾好后，桌上只剩下招财猫。无论吃得多小心，还是会有饼干的粉掉落，所以我拿来了抹布。擦的时候——

“真碍事。”

我若无其事地说完，把招财猫挪到餐具柜上。

我很想长叹一口气。只要把这玩意儿从桌子上挪开就可以放心了。危机终于解除了。

我拿来吃蛋糕用的盘子、刀、叉子。葡萄汁跟甜的蛋糕可能会不搭，于是我就问大家需不需要咖啡或法式咖啡，他们都同意了，所以我就待在厨房等水煮开。

我看不到自己的脸。所以不清楚自己擅不擅长摆扑克脸。我的表情会不会很容易被人看懂。不知道里志、伊原、大日向有没有察觉到在谈论住址问题的时候，我的心情就像在薄冰上行走一样。

咖啡杯已经准备好。虽然用速溶咖啡招待客人不太合适，但谁让他们来之前不说一声。我凝视着依然沉默不语的鸣笛水壶。根据经验，人类的视线必然会妨碍水温上升。只要我盯着水壶看，水就绝对不会烧开。水必然是在稍微移开视线的瞬间沸腾的。所以从节能的角度来说，我还是看其他东西比较好，但除此以外也没什么好看。

就在我胡思乱想的时候，身后有人叫我。

“折木同学，抹布。”

回头一看，千反田正拿着抹布。

“啊，放到水槽边吧。”

我把目光放回到水壶上。

我确信千反田还站在那里，于是说：

“你没跟她们说吧。”

短暂的沉默后，传来几乎要被排气扇的声音盖过的回答。

“是的……一直没有机会说。”

刚才，千反田说通过初中的毕业文集查过我的住址。说是我的一个叫惣多的朋友告诉她的。我的确有个叫惣多的同班同学。我不知道他去了哪间高中，但肯定不是神山高中。千反田让惣多给她看文集这件事大概是事实吧。以当场编的来说编得实在是太神了。千反田不是会随机应变的人。

可是，那不是事实的全部。

里志没有来过我家，伊原也没有。

去年暑假千反田确实来到我家附近，但没有来我家。

但我并没有说她从来没有来过。

千反田曾经来过我家一回。听说千反田把地图交给了里志，但就算不那样做，她自己也认识路。

这时，传来略带不满的声音。

“但是，你也没说吧。”

“没找到机会说。”

那件事发生在这个月的月初。

由于千反田要参加的祭典人手不够，加上服装尺寸的问题，我被叫去帮忙。虽然祭典最终顺利落幕，但那天很冷。我感冒了。

自己请来的帮手第二天病倒了，千反田觉得必须做点什么。她上午打电话来，接电话的是我姐。从我姐那得知我的事情后，她问出了住址，带着酸橙的果酱前来探病。听她说放在红茶里喝对感冒有好处。我不怎么喝红茶，所以后来用勺子取出一点放在小碗里直接舔着吃。

我不想让她去我房间，于是就顶着高烧和她在客厅见面。在身体不适的时候接待客人实在不轻松。千反田当然也明白这个道理，放下慰问的酸橙果酱后坐了几分钟就回去了。虽然只是很短暂的访问，但她确实来过。

“麻烦了……虽然对不住摩耶花同学她们，但只要不说的话她们就不会知道。”

我看着水壶，没有回答。

因为不是那样，所以我才那么紧张。

虽说只要不说就不会知道，但是千反田已经用比言语更雄辩的方式，表明了自己曾经去过那个客厅。

派对即将进入高潮，蛋糕要登场了。蛋糕上被插上了蜡烛，并点着了。打火机是大日向带来的。

千反田也许是想到了那个时候的步骤。她也许觉得点完蜡烛后关上灯会更有气氛。

所以才把招财猫留在了桌上。

烟灰缸、书、电视遥控器都被收到了餐具柜里，唯独招财猫被留在了桌上。只有知道那是内置了红外线发射装置的灯光遥控器的人才会那样做。那就表示那四个人当中有人来过这个家。事实上，千反田来到这个客厅的时候光线很暗，所以我用那只招财猫打开了灯。千反田不可能忘了。

如果她实际用桌上的招财猫把灯关了的话会怎么样？伊原，或大日向大概会这么说：

“哎呀，那只招财猫居然是遥控装置啊，怪不得一直放在桌上。不对，等等，为什么你会知道那是遥控器。这么说，你一定是来过这个家，进了客厅，还见到有人开关灯对不对！”

既然带路的时候没说，千反田就应该把那只招财猫也移到餐具柜上。

但是，现在我不会说出来。接下来蜡烛要出场了，招财猫也要出场了。如果指出千反田的失误，让她的举动变得可疑就麻烦了……思考着这种事情的时候，我意识到自己并不是“没有机会说出”千反田来过探病的事情。我们又没有做什么见不得人的事，真是可笑。

想到那里我忍不住笑了出来。也许是察觉到我的笑声，千反田问：

“怎么了？”

“没……”

我本想说没什么，但忽然想到一件事，于是说了出来：

“大日向说不定并不相信你刚才说的话。”

“咦？”

我转过头去，尽可能露出不怀好意的笑容，但因为看不到自己的脸，所以不知道自己做得好不好。

“你不觉得‘从惣多那听说的’这句话听上去很假吗？”

千反田勉强挤出一个笑容。

鸣笛水壶发出尖锐的声音。

3. 现在：六点九公里处：剩余十三点一公里

几乎没有坡度的直路一直延伸。远方可以看见一座小山，记得赛道的我知道自己将要去爬那座山。知道了这条平路比上坡路还要长后，可能会感到心烦。

下坡的时候我什么都没想。本打算跑完下坡路后，再边走边回想。但实践过才发现，直路的视野太好了。前面和后面的神山高中学生都在跑，一眼就能看出只有我在慢腾腾地走。因为有点不好意思，所以我装出跑步的样子，让大脑可以冷静地思考。

但是因为视野开阔，我很快就发现了一样东西。在前方有辆熟悉的山地自行车。可能是出了什么意外，身为总务委员会副委员长的福部里志站在那里。

我夹紧腋下。为了赶在里志离开前叫住他，我加快了步伐。

站在路边的里志似乎已经办完事，正在和像是总务委员的学生说笑。当我们的距离还剩数十米的时候，我看见他跨上了山地车。正当我以为要追不上的时候，他回过头。看来他没有急事，正在那里等我。

“嗨，奉太郎。虽说边跑边想事情，跑得慢是理所当然的，但你也太慢了。”

虽然我已经跑得那么慢了，但跑了那么长距离，还是有点气喘。我在里志身旁停下，做了两三次深呼吸。然后和他并排走。等离开路旁的总务委员有一定距离后我说：

“还以为你在更前方。”

里志推着山地车耸了耸肩。

“如果我认真骑，这会儿早就到终点了。”

“有那么快吗？”

“抱歉，我在装门面。大概能骑到阵出吧。”

虽然我觉得他举出的地名还是在装门面，但我没有戳穿。里志回头看了一眼，轻轻叹了口气。

“我早就料到不会圆满落幕。”

“出事故了？”

“广义上的事故。有个人脚受伤，动不了了。已经叫来老师把他接走了。”

接着他歪着头，压低声音。

“到底有没有受伤，从外表根本看不出来。”

我有点惊讶。

“哎呀，难道你是希望全校学生都不要小把戏认真跑完全程？”

我挖苦他。里志很少有地吊起眉梢。

“我怎么可能那么想。”

“别堂堂正正地说出来。”

“要是有学生背着总务委员会找捷径，我反而会为他们喝彩。但那个人很明显地在偷笑，好像以为自己很聪明似的。可是等老师的车来了又好像感到剧痛。可能是真痛，但如果是在演戏的话就太没意思了，我可不赞赏这种做法。”

神山高中有上千名学生。事故肯定不止那一起。只能期待下一起了。

里志看了一眼手表。

“说实话，现在已经比预定计划晚了很多。我要出发了，奉太郎，你有什么要说的吗？”

我刚才一直在整理要问千反田的事情。但是我运气很好，能在这里遇到里志。里志的知识量在大部分领域都超过了我，就算不是，能听听其他人的观点也是很好的。

我想说……我想问两个问题。

“嗯。我只是打个比方。”

“开场白吗？行，说吧。”

我一边走一边组织语言。我想想，例如——

“如果我跟你说，‘我的朋友说总务委员不用在星谷杯上跑，这件事不管怎么想都很不公平。’你会有何感想？”

里志目不转睛地看着我，然后一反常态，神情严肃地回答：

“我会想，原来你是这样想的啊，太遗憾了。”

“我理解你的工作。因为我想不到其他的例子。”

“我当然知道你理解。打个比方而已。”

也许见我没说话就以为没有其他问题了，里志跨上山地车，配合着步行速度十分缓慢地踏下脚蹬。

“为了慎重起见，我事先声明，奉太郎，我喜欢像大日向那样的女孩。不是被摩耶花听见会闹别扭的那种喜欢。”

“我懂。”

似乎该说的都说完了，他想要提升速度。

我对着他的背后说。

“里志。”

“嗯？”

他按住刹闸转过头来。

“还有什么事吗？”

“没……”

我说不出来。

有件事想向里志确认的。可是，我又不太想问。

但也不能继续阻碍繁忙的里志。我叹了口气，问：

“是关于日语的，如果一个人貌似像菩萨，那内心是什么样？”

听了我的问题，里志嘟囔了几句。虽然听得不是很清楚，但多半是“摩耶花和我不是那样说的”之类的话。不能怪伊原。她不需要将大日向的话一字不差地告诉里志。

里志果然记得那句话。比模糊记得的我更准确。

“如果外表貌似菩萨，那么内心……当然就如夜叉。”

然后那家伙开玩笑似的补充说：

“但我不清楚千反田同学喜不喜欢吃石榴。”

第二章　非常漂亮的店

两人距离的概算

It walks by past

1. 现在：八公里处：剩余十二公里

是非观是通过教育和经验后天养成的。行善会得到表扬，作恶会受到谴责，由此人渐渐学会区分善恶。但是喜恶正好相反，并不是学来的。如果说那是先天的，那就等于说一个人在他还是婴儿的时候就注定日后会讨厌奶酪，听上去有点像宿命论。喜恶反而可以说是成长后从自己的内在涌上来的冲动。究其根源，一定和一个人最重视什么东西这个问题也有关。

某个下雨天。我在回家的路上和里志说出了这番理论。然后里志瞧不起人似的笑着说：

“假如摩耶花在场的话肯定会说，没有喜恶的奉太郎没有资格说内在的冲动。我倒不会说得那么直接。”

“如果是摩耶花的话，大概会说，‘阿福会那样说，但我不会那样说。’”

“不，摩耶花不会那样说。她会更直接，用词更毒辣。”

他说得没错。我错了。

和里志一起回家的时候，我们一般都会像这样漫无边际地闲聊。有时还会谈论“世界末日”等更无聊的话题。偶尔也会谈“B5和A4的笔记本哪个更好用”这种有建设性的话题。但那天有点特殊，因为多了大日向这个听众。

雨不大不小，下个没完。因为我们走在拱廊街，所以把伞收了起来。大日向把拿伞的手交叠在身后，做出一个与中性的外表不相符的动作。她笑着说：

“伊原学姐说话有那么刻薄吗？”

我们并没有约好，只是在出校门的时候碰巧对上了眼。大日向苦笑着说：“还没交到朋友。”不知怎么的就和我们一起走了。因为我们都曾经就读同一所初中，回去的方向大致上相同。

听见大日向的疑问——

“很刻薄。”

我立即回答。但里志歪着头说：

“她不是对谁都那么刻薄的。事实上，我没见过她批评千反田同学。”

那么说来，的确是那样。她对人的态度的差别有时候很没有道理。

大日向仿佛发现了什么秘密似的压低声音说：

“那是否和千反田学姐认识很多人有关？”

“呃，你的意思是千反田同学抓住了摩耶花的把柄？”

里志笑着摇头。他似乎觉得太荒谬了，懒得去反驳。大日向转换的速度果然快。她立刻笑着说：

“我知道折木学长对任何事物都不关心。”

“喂。”

“那福部学长呢？”

虽然我很不同意她的说法并要求订正，可她根本不听我的。里志耸了下肩，很干脆地回答：

“自己的风格吧。”

大日向“哦”了一声，好像很失望。在她说出下一句话前，里志反问她：

“你这样问我，那你又怎么样？”

“我呀。”

她顽皮地笑了。

“作为一个女孩子，我必须说是恋爱。”

面对着谈论恋爱的学妹，我觉得自己看到了考拉。很有名，对它的外形也很清楚，但没有见过实物。

“哦。”

里志就像刚才的大日向那样毫无生气地回答，然后礼节性地问：

“有目标了吗？”

问完后，不知为何大日向高兴地摇头。

“没，暂时还没。嗯，所以现在最重视的是……”

她忽然低头看向脚下，用爽朗的声音回答。

“朋友。”

里志失望地“哦”了一声。我非常理解他的心情。虽说这个话题并不怎么有趣，但还是期待着能听到稍微独特点的回答。“恋爱”这个答案不坏，但太平庸了。

我也明白为何大日向只是哦了一声。虽说才刚入学不久，但高中生听到“重视的东西是自己的风格”这样的话并不会赞同。

但是，我隐约听懂了里志的意思。虽然福部里志总是面带笑容，仿佛世上完全没有令人难过的事一样，但是他也会思考各种复杂的问题来纠正、陶冶愚拙的自己。我有时会想，和他相比，我要大大咧咧得多。虽然听上去很陈腐，但里志的回答里包含了自己的意志。

基于那件事，我思考着。

最重视的是恋爱，暂时没有目标，所以现在最重视的是朋友。大日向是这样说的。这本身确实不是一个巧妙的回答。但是应该这样想，就像里志有里志的想法和情况那样，大日向也有大日向的想法和情况。她那样说仅仅因为憧憬吗？不是吧。

因为她说恋爱时是笑着说的，但说出朋友的时候却低着头。

当时我察觉到她的举止，却没有思考其中的含义。

我之所以会认为自己多少了解里志的内心，是因为发生了一件事。去年冬天，在经历了一个意外和几段波折后，有几分钟，里志和我说出了心里话。

但我和比自己低一级的女孩大日向之间没有经历过那样的事情，毕竟认识还不到两个月。尽管这样，我能揣摩到她的心思吗？

可能行。但是，我的确没有想过去做。

我要通过边跑边思考来偿还以前从不正视眼前的人所欠下的债。太愚蠢了。这就好比平常不好好听课，考试前才去买参考书，见到小偷才去捻绳子。虽然都算不上是节能，但已经别无他法了。

貌似菩萨，心如夜叉。夜叉，就是鬼。

我有三个看法。

第一个看法是伊原记错了，大日向的原话不是那样。但我觉得这个观点带有强烈的主观意愿色彩。怎么样才能把“看上去像菩萨一样”记错了。

第二个看法是大日向的确那样说过，但那单纯是因为她认为千反田像个菩萨，并没有别的意思。这个解释也很牵强。我从没有见过有人用“像菩萨一样”这种话来夸人，也不能说不存在语感特殊的人。但我还是和她交谈过几次，所以我可以肯定大日向不是那种人。

如此一来，还是第三个看法比较妥当。即大日向是想婉转地说千反田像鬼。虽然这个语感也很特殊，但大日向这样做的理由我懂。她大概很想指责千反田，但不想当着和自己关系亲密的伊原的面直接骂千反田。她可能根本不指望伊原理解她话中的意思。

如果说有问题的话，那就是大日向是否知道“貌似菩萨，心如夜叉”这个不太常用的谚语。但里志知道这个谚语，我也记得。新劝祭那天大日向说过：“汉文好像很难，但很喜欢日文。”我在生日那天开玩笑说的一段诗，她立刻就看穿是萩原朔太郎的诗。

虽然看上去不像，但她可能语文不错。

可是，我还是不明白。

我从来没想过，千反田和大日会处得不好。

昨天放学后发生的事是起决定作用的，这是毋庸置疑的了。可是，在那以前是不是就完全没有不安定的苗头呢？我并不这么认为。发生过一件怪事，那应该是礼拜六。

稍微有点跑过头了。头很沉。只出了薄薄的一层汗。

又快要上坡了。前后的距离拉得很长，感觉就像一个人在跑似的。

2. 过去:十三天前

虽然请求来得很突然，但大日向当然是早就在等待机会了。

那个礼拜五，我原本并不打算去活动室。因为囊中羞涩所以午饭只吃了奶油卷喝了牛奶，结果到了放学肚子就开始饿了。虽然我平时几乎不吃零食，但当时我想快点回家找点东西填肚子。

然而正当我要走向出入口的时候，一群不知是做什么的女生横向排开，像牛一样缓慢行进。我懒得分开她们走到前面，于是就转过身。回过神的时候人已经在走廊上了。心想既然都来到这里了，还是去露个脸吧，于是我就走向活动室。

从结果来看我的选择是正确的。一走进活动室，正围着一张桌子向下看的三个女生，千反田、伊原、大日向一起看向我。伊原说:

“来得真是时候。”

“啊？”

大日向开玩笑似的回答我。

“我们正要打开点心的盒子。”

哎呀。我顺从欲望说:

“我快饿晕了，请分我一点。”

伊原嘟囔:“太坦率了，感觉有内幕。”我没有理会她，走到桌子旁。

所谓的点心指的是盒装的炸薯片。上面写着“番薯片”，所以用的大概是番薯，而不是马铃薯。这并不是第一次放学后在地学教室里吃点心。千反田经常将家里吃不完的中元节礼品和岁末礼品带来。但这次带来的炸薯片的风格和那些不太一样。

“这是谁带来的？”

“是我。”

大日向举起手。

“怎么，我的炸薯片就不能吃吗？”

为什么她会这样说。

我搬了椅子过去。大日向则从口袋里拿出手机放到桌上，应该是放在口袋里不方便坐下吧。我打开盒子。我不客气了。

薯片很厚。本以为咬下去会是喀嚓喀嚓响，没想到是嘎嘣脆。味道有点甜。

“真爽。”

我说完，大日向笑了。

“哪有那么夸张，就像洗完澡后喝啤酒的大叔似的。”

我想问问她是否亲眼见过洗完澡喝酒后会说好爽的中年男性。

“啊，好好吃。”

伊原不由得赞叹。听见她那样说，大日向咧着嘴笑了。

“太好了。因为家里人都说好吃，所以我就订购了。”

“哦，是从哪里寄来的？”

千反田看着盒子的盖子说：

“上面写着鹿儿岛名牌糕点。JA鹿儿岛……虽然不是当季，但的确很好吃。原来还有这种销售方法啊。”

她眯起眼睛，仿佛看到生意上的竞争对手。我不知道千反田家有没有种番薯，也许就在刚才JA鹿儿岛成为了她的假想敌。

“原来是从鹿儿岛寄来的啊。你有亲戚住在那里吗？”

还说为什么她会知道鹿儿岛的糕点，原来如此，如果那边有亲戚的话，她可能去过。我草率地断定，但大日向摇了摇头。

“不是。前阵子我去了那里看演唱会。”

“演唱会？去鹿儿岛？”

“呃……”

她好像有点不好意思。

“是福冈。这个糕点，是在福冈的小卖店买的。”

福冈卖鹿儿岛的名牌糕点，卖得真够远的。但是对千反田而言，销路广也许是件值得羡慕的事。伊原一边两片三片地将薯片塞进嘴里，一边说：

“福冈的演唱会，是什么的演唱会？”

然后大日向闭上一只眼睛，用食指抵着嘴唇。

“……是秘密。”

“哦。”

不管是什么歌手，哪怕是热情歌唱恶魔崇拜的歌手，我们也不会对大日向有什么想法。不过，既然本人不想说也不会强迫她说。

“但是福冈很远吧。只在那里表演吗？”

“不是，是全国巡演。我们一路跟着。但实在没法跟着去每一站……”

“在全国吗？”

千反田问。

“是从北海道到冲绳吗？”

大日向略带困惑地回答：

“呃，是从仙台到福冈。”

然后有点不甘地补充道：

“唯独最重要的东京公演的票没买到。”

我并不是完全不听音乐。但追随喜欢的组合全国巡演那种事情我做不到。我衷心佩服她。

“真有毅力。”

然后不知为何大日向的表情有点严肃。

“我的朋友说，爱要慷慨地给予。”

“不会用完吗？”

大日向侧着头，露出苦笑。

“听了前阵子出的专辑，存货快用完了。”

在说话之余，四个人的手不停地往盒子里伸。也许是因为淡淡的甜味和绝佳的口感的缘故，让人根本停不下来。吃着吃着连饥饿都忘记了。

回过神的时候，盒子里只剩下一片了。我和伊原同时出手。在仅剩的一片上方，我和伊原的手碰在一起，停了下来。虽然称得上是一幕浪漫的场面，但我们看向对方的眼神中没有半点温度，只有冰冷的杀意。

“你们能喜欢，我很高兴。”

大日向轻松地说。我和伊原没有理她，同时收回伸出去的手。

我以为她会让我，于是又伸出手，但伊原似乎也打着相同的主意，我们的手指又碰到一起。我也不是说什么也想要拿到最后一片……

沉默让人很尴尬。我既不敢乱动伸出去的手，也不敢去看伊原的表情。揣测出事态的千反田谨慎地开口说："那个……"就在那时，一个声音响起拯救了我。地学教室的门被打开了。

四个人同时把头转过去。里志站在那里，面带无忧无虑的笑容，仿佛要哼起小曲似的。

伊原说：

"来得真是时候。"

里志当然不知道是什么事。他不知所措。

"啊？"

大日向开玩笑似的回答他。

"我们正在关上糖果的盒子。"

古籍研究社的成员出乎意料地全都到齐了，等最后的炸番薯片收入里志的胃后，大日向环视了众人后说：

"既然已经吃了我的点心，我有一件事想请学长学姐们帮忙。"

这原来是贿赂。我终于察觉到她的企图，但为时已晚。我们就这样被炸番薯片收买，将下个礼拜六留给了大日向。

根据天气预报，当天的天气不怎么样，所以我一直担心会下雨。所幸出门的时候云还是白色，看样子暂时不会下。可是，不知道几点才能回来，所以为了慎重起见，我在手提袋里放了把折叠伞。我平常出门一般只会带上钱包，手里不会拿东西。

我们约好在镝矢初中正门前等。所有人都知道那个地方。足球队、田径队，还有网球队正在操场上练习。看了一眼，没有认识的人。

我们约定三点集合。如果有人迟到，那人肯定是里志，但我猜错了。在约定时间五分钟前，我、里志、伊原和大日向都到齐了。虽说是牛仔布，但伊原穿着裙子让我觉得有点意外。因为夏天快到了，所以大日向穿上了短袖衬衫。

“非常抱歉，向大家提出奇怪的请求。”

大日向嬉皮笑脸地说，看上去不像在道歉。伊原和里志也很是雀跃。

“这种机会可不多。好期待啊。”

“我有点小激动，但不要有过高的期待。”

他们笑着说。虽然我没有说什么，但还是挺感兴趣的。

“很近的。我给你们带路。”

大日向走在前面带路。

目的地是一间还没有开张的咖啡馆。不是因为还没有到开店时间，而是还没有开业。

“那个人是你的伯父？”

里志说完，大日向转过头来，苦笑着说：

“我不是解释过吗？是我的堂兄。不过年龄差得有点多。”

我也以为是伯父。不过好像是堂兄，这次要记住了。

总之根据她昨天的说明，她的亲戚新开了一家咖啡馆，想请我们去当体验员。如同里志所说的那样，进入开业前的店铺的机会不多。据说我们还是第一批客人，感觉十分荣幸。

如果千反田在场的话，大概会表现出更强的好奇心。但是，她现在不在。听说她有事抽不出身，不知要用多少时间所以没能答应。昨天放学后，千反田很遗憾地说："我也很想去……但傍晚就太晚了。"

另外我个人也很期待有新的咖啡馆开业。我常去的那家咖啡馆"Pineapple Sand"搬走后，附近就没有适合高中生一个人进入的咖啡馆了。对我来说，如果那间店的格局够平易近人的话，今后也就方便了。

"那么，那间店叫什么名字？"

我一边走一边问，但大日向好像在跟伊原聊天，没听到我说话。算了，反正很快就会知道。

我和里志并排走。

里志说出了我现在的心情。

"好久没有像现在这样了。"

"是啊。"

这条路曾经是我们的上学路。虽然频率没现在高，但是以前因为其他人把保健委员的工作推给了我，所以我有时会跟里志一起回家。当上高中生后，在假日穿着便服走在同样的路上，不知怎么的有点不自在。

"有种在做坏事的感觉。"

我说完，里志也神情严肃地点头。

"是啊。有种罪恶感。"

我们在这里上了三年学，事实上这里就是我们所能触及的范围的全部。人际关系基本上也仅止于此。曾经是那么熟悉的镝矢初中，现在却出奇地陌生。我觉得靠近已经毕业的学校是一种不合时宜、不符合立场的行为。

“那么一说，我记得进入初中的时候也是没能靠近小学。”

“是不是因为校服。”

当然我只是开个玩笑。里志也露出苦笑。

“要把初中的校服拿出来穿吗？”

我完全不能想象那样就能像两年前那样适应这个地方。无论我们怎么努力，镝矢初中已经不是我们的地方了。如果无论如何也想要回来的话，就只有以后来这里工作。

等我们离开了镝矢初中，听不见操场上的声音的时候，大日向停了下来。

“就是这里。”

那间店位于荞麦面店和民房中间，正对着车流量大的马路。建筑物不是新盖的，抬头望向白铁皮屋顶，从油漆的褪色程度可以看出已经相当古老。但如果不去挑毛病的话，入口的玻璃一尘不染，门把手也擦得光亮。

“啊。感觉很不错啊。”

伊原望着奶油色的外墙说。我看着窗户。一家店铺容不容易进，窗户很重要。如果没有窗或者窗很小，进到里面就像进入到秘密基地一样让人感觉很舒适，可是进去前需要鼓起很大的勇气。如果窗户太大的话问题就简单了，坐在里面好像会被路人看个光似的，会让人很不自在。这间店似乎完全满足了我的要求。大小合适的凸窗边放着一个小小的盆栽，开着一朵红花。那种花很常见，但不知道叫什么名字。因为里志也望着这边，所以我问他：

“里志，那是什么？”

“是花。”

他的回答就像在愚弄人似的。我瞪了他一眼，然后他耸了耸肩。

“植物不属于我的拿手范畴。千反田同学可能知道。”

“啊，对了！”

伊原大叫一声，从口袋里拿出手机。

“听到小千的名字我想起来了。她说手头上的事可能会提早结束。”

她一边操作自己的手机一边说。

“她说事情结束了，如果能来的话会给我电话。”

“是吗？真希望学姐能来。”

小声嘟囔完，大日向把手放在门把上。

“总之，先进去吧。”

她推开了玻璃门，但门并没有发出声音。门上似乎没有装铃铛。

一走进去，我一时说不出话来。内部装饰并不差。崭新的木头的气味、像药品一样的气味，还有新鲜磨好的咖啡豆的气味。全部气味碰撞在一起，让人几乎要窒息。我很怀疑这是否属于恶臭，这样真的没有问题吗？但也没有办法，毕竟刚装修完。如果注意开窗换气的话，开张前也许能除掉这种味道。我如此告诉自己，让呼吸变得浅促。

“呦，来啦。欢迎。”

听见这个声音，我终于注意到站在柜台后面的男人。

虽说是亲戚，但那个人和大日向长得不怎么像。这也没什么好奇怪的。我和我姐也长得不像。不过话说回来，那个人很没有精神。不只声音小，和人对上目光还会把视线移开。我有点怀疑那样的人能否经营店铺，但“Pineapple Sand”的老板也没什么笑容。而且仔细想想，高中生不可能是这间店的客人，虽然看在堂妹的面子上让我们进来，但他也许并不欢迎我们。

“很亮堂，我很喜欢。”

伊原环视了一眼和外部装潢一样多采用奶油色的店内说。里志看向挂在墙上的画。

“啊，是劳特雷克。”

他自言自语说。我也环视了一周。

柜台前有七个座位，有四张桌子。地方宽敞是不错，可惜桌子是圆桌。圆形的桌子，总让人感觉东西会从边缘掉下去。

柜台的内侧，老板背对的墙上装饰着浮雕。形状像一个很宽的心形，但周围装饰着蔓草，所以那也许不是心而是芜菁。里面有两只兔子面对着面站着。虽然老板的态度冷淡，他背后的浮雕却很可爱。

“现在还没有音乐，所以会有点冷清。不过，请随意。”

他用很难听清的声音说完，我明白了。等店铺正式开张后，他似乎打算用有线广播之类的来播放音乐。我更喜欢安静……我好像对这间店很挑剔。附近有新的店铺开张，我应该更加高兴才是。

“已经准备得差不多了。再加把劲！”

大日向用比在学校听到的更亲切的声音对老板说。说是亲戚，距离感也是各不相同的。既有与外人无异的亲兄弟，也有一起长大的堂兄弟。虽然两个人年龄差了很多，但大日向和老板好像很亲密。她踮着脚往厨房里看。

“今天步不在吗？我还以为可以让她练习一下呢。”

而老板和大日向交谈的时候也没什么表情。与其说是故意表现得冷淡，不如说个性就是那样。

“要到政府部门办理各种手续。她过去了，下次再拜托你吧。”

“要好好练习才行。可不能当着客人的面叫她小坡。”

我们来了可以练习，就表示正式开业后“步”将负责大堂。可能是老板的妻子，至少也是恋人级别的。如果只是请来的侍应的话，肯定不会让她去政府办理手续。

大日向回过头来，就像要给客人带路似的问：

“请问是坐桌子，还是？”

里志再次环视了店内一周，回答说：

“桌子总共可以坐四人。看上去正好，但千反田同学等会可能会来。”

“啊，说得也是。”

大日向点了点头，带头拉开柜台的椅子。从里头开始，大日向、伊原、里志和我依次坐下。椅子很高，脚够不到地面。不过因为不是转椅，所以不会有不稳的感觉。虽然说不出是什么地方，但坐得很舒服。伊原不胜感慨地抚摩崭新的柜台。

“我好像是第一次坐柜台椅子，仿佛走上了大人的台阶。”

她说出了与个性不相符的话。这个大人的台阶还真够矮的。

老板一边将装了水的杯子放在柜台上，一边和大日向说：

“还残留着一股天那水的气味。不过听说很快就散去。”

“那必须的。进来的时候，我还想着这该怎么办呀。”

觉得气味刺鼻的人果然不只我一个。可是奇怪的是，我很快就习惯了这个气味。已经不会在意了。

“好像是墙纸的粘着剂发出的气味……啊，对了。菜单还没印好。”

“完全没有准备好啊！”

大日向笑着说完，老板终于露出了微笑。

“唉，慢慢来吧。如果可以的话，我想请各位品尝一下调和咖啡。”

“可以吗？”

大日向再次询问我们。全部人都点头。

“还有……”

她向柜台里探出身子。

“有什么吃的吗？”

“四杯调和咖啡是吗？小吃方面我们打算提供几种三明治。”

“那个也想试一下。”

那不行吧。我忍不住从旁插嘴：

“食材还不齐吧？”

“……啊，也是。是吗？”

老板小声地说：“是啊。”他看向我，点了下头。可能是在和我打招呼。

“但是有司康饼。如果不介意的话，请大家尝尝。”

既然老板一番好意，那就恭敬不如从命了。

不知是在其他店里学来的，还是自己有一套流程手法，老板的动作很娴熟。不会有匆忙的感觉，每个动作都很从容。

但是大日向似乎在想其他事情。

“我说，步的肚子不是会越来越大吗？到时你一个人应付得来吗？”

这下就知道“步”是女性了。我这才发现那个名字也适合男性。

老板一边摆上茶托，一边回答：

“客人少的话大概没有问题,但不能老是侥幸寄托于那种情况。”

“那当然。得人山人海才行。”

“哪有那样的咖啡馆。”

说得很对。

“是啊，如果你来做兼职的话我就轻松多了。”

“兼职呀。”

大日向叹了口气。

“如果他允许我做就好了。我从来没有做过兼职。”

“谁都有第一次啊。”

“不是那个问题。我爸那人你也知道吧？他不会允许我做的。最近零花钱也少了。”

“还贷很辛苦的，你要多体谅他。”

“谁让他买那么贵的车，害得我也得遭罪。但是又不准我自己去挣钱。不明白他是怎么想的。”

抱怨了一阵子后，她似乎才想起这里不只有堂哥，还有学长学姐在。大日向难为情地笑了。

“唉，情况很复杂。”

她如此敷衍。

对话一中断，店外就传来汽车经过的声音。伊原看着店内的角落，慢慢地开口：

“好别致的书架。不会有全是塞满一百元图书的廉价感……”

听她这么一说，我才发现有个书架。

低矮的书架不是组合柜那种没有情调的货色，而是封面向外摆放的类型。虽然很别致，但收纳能力似乎不高。书架上摆着几本书，全是三十二开大小，既有国内的作品也有国外的作品。

“老板喜欢读书吗？”

里志没有问老板，而是问大日向。大日向歪起脖子，好像在说她也不知道。然后，老板停下手上的活回答他：

“不算喜欢。摆在那里的书都是我觉得装订漂亮的书。”

“不是希望客人阅读的书吗……”

“那个我没怎么想过。”

也就是说基本上就是装饰，但我总觉得他在谦虚。

在柜台的尽头还有个杂志架，但架子上插着的都是普通的杂志和报纸。循着我的目光，里志也注意到杂志架。

“啊，有《深层》。”

他指着一本周刊。我也知道《深层》。虽然不像历史悠久的报刊，但也不会用裸照和丑闻来吸引读者，给人一种半吊子的感觉。里志居然会关注那种随处可见的杂志。我觉得有点奇怪。

“大日向同学，不好意思，可以帮我拿下那本杂志吗？”

“啊，可以。”

大日向距离柜台的尽头最近。也许是将订购的报纸和杂志全都插上去了，杂志架被塞得满满当当，大日向用一只手压着抽出《深层》，递给里志。伊原对翻看杂志的里志说：

“怎么了？有什么想看的报道吗？”

“嗯。因为这种杂志很少会报道这个城市的事情。”

“哦，上面登了什么新闻。”

“当然是水筒社案啊。”

伊原只是啊了一声，点了下头。大日向也没有露出惊奇的神色。从现场气氛来看，所有人都明白水筒社案。

换句话说就我一个人不知道是什么事。

“那是什么？”

我一说完，里志故意似的，露出目瞪口呆的表情。

“你问那是什么？奉太郎。你是开玩笑的吧？”

“我听过。记得……因为水壶，所以说的郊游。”*

里志没有理我，翻开杂志给我看。

“就是这个。”

那是一段很短的报道。只有半页纸的篇幅，就像国内轶事专栏一样。但是，标题很吸引人。标题是“著名股东会混子为赚零花钱

---

* **注：日文水筒的意思是水壶。**

惹大祸临头”。*虽然可以读一下报道的内容，但在咖啡上来前的这段时间，里志跟我说：

“这个市有个叫水筒社的公司，前段时间在招人。然后，应聘者中的几个人收到了录取通知，他们参加了培训，然后被告知录用了，并让他们四月开始正式上班。可是到了四月，那些新员工去到公司却没有人认识他们。根本没有人录用过他们。”

该怎么说呢，太明显了。

“等等，先听我说。莫非他们被迫支付了制服费或资料费？”

“说中了。应该说，只有那种可能。”

伊原也露出吃惊的表情。

“新闻节目也说过很多次，你真不知道吗？你到底有没有在关注人类社会。”

我就是不知道一起案件，没有理由被说到这个份上。但如果我反驳，可能会被她从其他方面讽刺，所以我什么都没说。

“很单纯的诈骗案啊。那么，抓到犯人了吗？”

“只有掌握着参加面试者名单的人才能作案，所以犯人很快就被捕了。但有意思的是，这个犯人的父亲好像是著名的股东会混子。上面写了可能会顺藤摸瓜查出许多人。”

很令人怀疑。

“父母会因为孩子被捕而跟着被捕吗？”

里志似乎也明白这个道理。他耸了耸肩膀。

“所以这篇报道只刊登在《深层》的角落。”

*** 注：股东会混子，主要指那种持有公司一定股份，通过出席股东会进行捣乱或以不正当方式从公司收受金钱的人。**

原来如此。

里志从我的手上抽回《深层》，开始看上面的内容。

“印象中只有上了年纪的人会被诈骗，这很值得深思。如果去年收到写着‘您的分数达到了神山高中的录取线。请先缴纳入学费’的信，我觉得我们可能不会轻易地上当。”

“啊，这点我懂。”

伊原说。

“假如突然收到中了展销会上的大奖之类的通知，我也会怀疑……”

“展销会？你说的是跳蚤市场吗？”

我插嘴说。不知为何伊原不做声了。

就在那个时候，老板正好将调和咖啡放在我们面前。里志把《深层》还给大日向，然后大家一起品尝咖啡。

我好像明白为什么老板要摆上兔子的浮雕了。咖啡杯的把儿和勺子上都有垂着耳朵兔子的花纹。老板可能是兔年出生，只是图个吉利。

遗憾的是，自认为钟爱咖啡的我的舌头和鼻子，判别不出一杯调和咖啡到底有多么美妙。只能说“很好喝”，但如果问我比什么好喝，哪里好喝的话，我就完全回答不上来了。不过老板好像也不需要那么专业的评价。听了我们发散性的赞美后，仿佛根本不在乎那些评价似的问：

“司康饼上会涂果酱和奶油，有几个种类。果酱有草莓果酱和橘子酱。奶油有普通的鲜奶油和马斯卡朋奶油。你们喜欢哪一种？”

虽然各人只是坦率地说出了自己的喜好，但却很麻烦。

我选的是草莓果酱和鲜奶油。

里志选的是橘子酱和马斯卡朋奶油。

伊原选的是橘子酱和鲜奶油。

大日向选的是草莓果酱和马斯卡朋奶油。

所有组合都齐了。我没有看漏，当听见每个人的要求时，老板平静的脸上闪过一丝困惑。

果酱和奶油，每人两份司康饼。里志皱着眉头看着那些司康饼。

“奉太郎，我自负对无用的事情十分精通。”

“你不用自己说，我来帮你说。对无用的事情，你十分精通。”

“被人这样说真的很受伤。算了，不说那个了。其实我知道正确的英式食用司康饼的方法。应该先加果酱……”

“要先涂果酱吗？”

“不对，是先涂奶油……”

“到底先涂哪个？”

里志没有回答，只是盯着装着司康饼的盘子。总之，他好像只记得要先涂一样，但是忘了到底要先哪一样。

不等苦思冥想的里志给出结论，老板很爽快地告诉了我们答案。

“应该先涂果酱。因为将奶油涂在热的司康饼上会融化。不过，我觉得按照自己的喜好来就行了。”

的确有道理。虽然他说按照自己的喜好，但听了他的说明，不会有人先涂奶油。正当我们准备开动的时候，突然传来一阵低沉的声音。是手机在震动。

“啊，是小千打来的。”

伊原拿起手机立刻站起来，径直地走出店外。我没有手机所以不明白，在全是熟人的空间里，接到电话也要离席吗？这个道具真不方便。

伊原很快就回来了。

“她说马上过来。”

“千反田同学知道这个地方吗？”

“我和她说从镝矢初中沿路走，面店旁边就是。虽然没说店名，但应该没问题吧。”

面店的门帘很显眼，肯定没问题。

之后我们聊了一会天气打发时间。

“据说傍晚开始有雨。”

我不经意地这么一说，里志和伊原一起反驳我。

“是明天吧？”

“天气预报说是明天凌晨左右。”

大日向没有表明立场，只是默默地笑着。

“看来有一个是比较旧的预报。”

我不敢确定说的是最新的预报。不过，如果我是在什么地方看到了天气预报，大概是在那个地方。

“我是在早间新闻看到的……”

“我也是在早间新闻看到的。”

“我也是。”

二对一。一直作壁上观的大日向做出裁决。

“少数服从多数，裁定是折木学长记错了。”

我并不是一定要反驳。你们就等着傍晚被雨淋湿，然后哭着反省：“啊，折木奉太郎当时说的是对的。”

我们四个就像说好了似的依次去上洗手间，当最后去的我回来后，千反田已经来了并坐在了柜台的座位上。从刚才的电话到现在还不到十分钟。来得真快。我一边用手帕擦着手一边说：

“你来啦。”

千反田嫣然一笑。

“因为我就在附近。”

因为大日向坐在了最里面的椅子，所以千反田只能坐我旁边。因为圆桌只有四个座位，所以我们才坐在柜台前，可一旦五个人横着坐成一排的话又有点不自在。我这才意识到，反正也没有其他客人，早知就从其他桌子借一张椅子，五个人围着圆桌坐了。

“那么，你今天有什么事？”

伊原问。

“是亲戚的喜寿。说是亲戚，只是不熟的远房亲戚，但是还是要去祝寿。祝完寿后就是酒宴，去到厨房互相都很客气，所以我原本打算先走的。”

“发生了什么事吗？”

“嗯，是的。也不是什么大事。”

千反田脸上浮现出困惑的笑容。

“正当我准备借用电话的时候，电话响了。当时周围没有那个家的人，所以我就拿起了话筒，可这下麻烦了。电话那头好像是一个年纪很大的老奶奶，不仅乡音很重，声音也很小，我完全听不懂她在说什么。也不知道是让我找人来听，还是有事让我转告……用了很长时间才问出她的名字。要不是那通电话，我就能更早地过来。”

“咦？”

大日向叫了一声。因为中间隔着三个人，所以她向前探出身子问千反田。

“你刚才说要借用电话吧？就是说，那通电话是从那里打来的吗？那里收不到信号吗？”

“信号？那个……”

千反田有点不知所措。她大概没听懂大日向在说什么吧。在事情变得复杂前我先插嘴：

“千反田没有手机。”

“……咦？”

看见她张口结舌，总觉得自己好像说了谎似的，心里有点内疚。大日向把身子探得更前了。

“可是……要和朋友联系的时候，怎么办？不能和朋友聊天，不是很不方便吗？”

“那个嘛。”

她平和地笑了。

“还是有很多方法解决的。”

我也没有手机，在这种场合不能不感受到社会的压力。不知道我和千反田，谁会先用上手机呢？

“话说回来，去给人庆祝喜寿，千反田同学的应酬还真是多啊。”

里志开玩笑似的说。

“没有，那样的宴会一年也未必有一次。”

“居然要去给远房亲戚祝喜寿，如果是我的话，一辈子可能都遇不到一次。”

大日向在柜台一头小声嘟囔。

话说，喜寿是指多少岁生日呢。好像是和七有关的，但不清楚是多少。就在我放弃思考的同时，千反田在与老板交谈。

“这位客人也是调和咖啡吗？如果不介意的话，还有司康饼。”

“实话说，我不能摄入咖啡因，难得您邀请我来，真的很抱歉。不过，这家店很漂亮。”

那么一说，我想起来了。如果千反田喝了含大量咖啡因的东西，会有很严重的不良反应。听说首先会睡不着觉。

“谢谢你。嗯，这样啊。”

老板思考了片刻，说：

“看来还是要加入一些不含咖啡因的产品。”

千反田算是特殊的客人，所以没有参考价值。

“总之，这样一来，今天就没有可以拿来款待的了。”

“请不要放在心上。我本来就来得晚，给您添麻烦了。”

于是，千反田只要了一杯水。可是她喝了一口，立刻抬起头来。

“这是……这不是自来水吧？”

她又喝了一口。

“是井水，而且不是这一带的井水。是在更上游的地方，山脚涌出的中硬水。是吗？”

老板噗地一笑，点了下头。

“不能让像您一样的行家品尝本店的调和咖啡实在是可惜。”

我也有一杯水。我再次喝了一口。

“的确很醇厚。”

“啊，您那杯是加了柠檬的自来水。”

是吗。

千反田单手握着杯子，环视了店内一周。

“如果我也能喝咖啡就好了。希望这间店能顺利步上轨道。”

“谢谢。”

“请问，这间店叫什么名字？”

这个问题很普通。

但是，却出乎了我的预料。那么一说，虽然提到了几次，但还没有听说。我看向里志，里志看向大日向，大日向又问了一次。

“叫什么名字？”

可是就连老板也支支吾吾说不出来。大日向再次追问。

“该不会还没有决定吧。”

“不是。不过……”

老板绷着脸看着大日向。

“因为怕被你笑，所以先不告诉你。”

“是会被我取笑的名字吗？”

老板侧着头。

“我倒觉得是个好名字。一看就知道是咖啡馆。”

日后店铺开张了，非但不能隐藏店名，反而要大肆宣传。老板隐藏店名的举动让我觉有点奇怪。

千反田不可能放过这种“奇怪的感觉”。

“那个……那么，这间店没有挂招牌也是因为不想被大日向同学看见吗？”

听她这样一说，店外似乎也没有写店名。有的话应该早就看到了。但再怎么说，也不会因为害怕被堂妹取笑而推迟店铺的施工吧。果不其然，老板摇了摇头。

“因为在选取字体上用了很多时间。”

“说到字体，用的是拉丁字母吗？”

“不，只有汉字。”

听见他这么说，大日向发出一声怪叫：

“原来是汉字呀，怪不得怕我笑。你汉字的品位太差了。”

然后她笑着对我们说：

“这个人会用爱染明王的‘爱’和恶鬼罗刹的‘罗’来表示‘I Love You’。”

是不是爱罗武游？姑且不说那个，这个例子很过分。伊原的表情很复杂，仿佛不知道该不该笑。

“为什么会举出那个例子。你们家是开寺院的吗？”

高一学生一般不认识爱染明王和恶鬼罗刹那样的词吧。也许她自己也是这样想的，大日向那张晒得微黑的脸红了。

“只是小小的工薪族。我也没有办法呀，因为我一下子想不到其他例子！学姐你会怎么说？”

伊原立刻回答：

“爱知县的爱，甲罗的罗。”

哦哦，看不出来呀。我发出感叹。

另一方面，我听见老板小声嘟囔：“没那么差。”

“汉字呀。”

里志一边说，一边抱起胳膊。

“如果是用汉字给咖啡馆命名的话，常见的是用‘待’和‘梦’
time
组成‘咖啡待梦’。”

“啊，对对。”

大日向点点头，老板也说：

“就是那种感觉。”

是“待梦”的感觉，就是说用的是音译字吗？我是这样想的，可是伊原理解成完全不同的意思。

“说到常见……是不是用了玉字旁的字，例如‘珈琲馆’？”

“玉字旁？那不是王字吗？”

我不确定地说。

“那个写作王，叫玉字旁。”

被自己的学妹教育了。她是在什么地方学到这种知识的。我不由得看向里志，但里志也摇摇头，好像在说“我怎么知道”。

虽然部首的知识是正确的，但伊原的答案是错的。

“不是那种。”

老板就像在安慰她似的补充：

“不过你猜对了，是三个字。”

“那——”

里志刚要开口，大日向突然举手制止他。

“不行，学长。要想好再说。”

“不，要用数量取胜。”

但大日向意外地认真。

“我的朋友说，猜名字自古只有三次机会。”

是吗。既然自古就有那种规定那就没辙了。虽然里志侧着头说：“‘三天内’的典故我倒是知道。”但据说规则就是那样，所以只有请他放弃。

“给点提示！提示！”

我看见老板有很短的一瞬间用温暖的目光看向大声嚷嚷的大日向。只凭这一个小举动就判定可能有点草率，但我猜从大日向还是小孩的时候开始，他就经常陪她玩这种无聊的游戏。他不是真的不想告诉她店名，可是也许是为了大日向可以继续玩猜名字的游戏，他没有回答，而是给出了提示。

“我想想。和招牌的名字一模一样。”

“招牌……咦？那不是理所当然的吗？”

“既然第三次是最后一次机会，就得想清楚再说。猜中了就送你一样好东西。”

“真的吗？”

大日向露出满面笑容。

“我明白了。你等一下，我一定会猜出来的。”

然后她竖起食指叮嘱我们。

"就是这样，由我来猜，学长学姐请不要多嘴。"

那个时候，我第一次觉得这个活泼的高一学生很幼稚。

不过，那并不是令人不快的幼稚。大概是讨人喜欢的幼稚。我的嘴角可能翘了起来。

墙上挂着时钟，那里也有兔子。指针不知不觉指向了五点。没想到居然待了那么长时间。

也许一直在思考，大日向的话少了很多。咖啡已经喝完，杯子也已经撤了。我坚信傍晚开始会下雨，所以从刚才就在等待离开的时机。话题似乎也已经说完了。是时候撤了。

"那么，我们该走了。"

但有个人对我的这句话很敏感。那个人就是大日向。她抬头看了一眼时钟，一瞬间露出焦急的神色。但马上又换回平常的笑容。

"呃，对了！"

她大声说：

"可以等一下吗？我有一件事想请教。"

她多半有事想说，但不知不觉地沉浸在猜名字的游戏中。察觉到刚才大日向表现出的焦躁的人似乎只有我，另外三个人好像都没有发现大日向是在强行转移话题。

"什么事？"

伊原问道。大日向没有看她，而是看着千反田。

"千反田学姐的交际很广*吧？"

"脸很大……"

---

* 注：在日文中，"交际很广"按字面来看就是"脸很大"的意思。

千反田小声嘟囔。伊原肯定地说：

“没关系，她不是那个意思。你是瓜子脸。”

“不是，我知道。虽然知道，但还是被吓了一跳。”

她把手放在胸前。

“呃，我并不认为自己交际很广。不过有时会像今天这样因为家里的事见到不少的人。”

“那——”

大日向把到嘴边的话吞下去，然后一反常态很谨慎地问：

“那么，请问你认识一个叫阿川的人吗？”

“阿川？”

千反田稍微侧了侧头。

“你说的是高一A班的阿川佐知同学吗？”

“啊，是的。没错。”

不知为什么大日向有气无力地说，把身体收回去。由于中间隔着里志和伊原，所以我看不到大日向的表情。

“阿川同学怎么了？”

“没事……我就问问。”

另一方面在我身旁，千反田一脸惊奇。但也许觉得大日向的样子有点不对劲，她并没有说出“阿川同学怎么了？我很好奇”这句话。由于大日向没有出声，尴尬沉默的气氛笼罩着我们。

“呃，那么——”

稍微窥视了众人的样子后，我再次说：

“我们走吧。”

听说今天由老板请客。他今后还要做生意的，这样好像不太好，但老板说："收银机还没开始使用。等开业后再收钱，税金更好计算。"我认为那只是表面话。

里志、伊原、大日向已经站在店门前。我、老板和千反田站在收银台旁。

"有违您的盛情厚意，不能品尝到咖啡，实在是抱歉。"

面对低下头的千反田，店主大方地笑了笑。本以为是个没有表情的男人，但似乎并不是那样。虽说是体验员，但也是第一次接客，他可能有点紧张。

"没关系。咖啡也不是非喝不可的。"

"祝这间……"

千反田刚一开口，忽然说不下去了。看样子她似乎想说这间店的店名。但店名自然还没有揭晓。没有办法。

"祝、祝这间店成功。"

她如此掩饰，然后忽然转过头来看我。

虽然她什么也没说，但我没有理由非得等她先开口不可。虽然我对大日向刚才不自然的言行没有头绪，但对于另外一个疑问就不是了。幸好，收银机旁有便条本和圆珠笔。

"可以借我用一下吗？"

"啊，请。"

"谢谢。"

然后我用圆珠笔刷刷地在便条上写。千反田看着我的手。

“咦？”

上面写着三个汉字。

第一个字是“步”。

第二个字是“连”。

第三个字是“兔”。

这个店的名称有几个提示：

“被大日向知道很可能会被她取笑的名字”。

“一看就知道是咖啡馆”。

“感觉和‘咖啡待梦’一样”。

“与‘珈琲馆’不同”。

“只有三个汉字”。

还有被迫给出的最后提示是“跟招牌的名字一模一样”。

这间店的招牌是什么。实体的招牌还没有设置。那么招牌是什么呢？有两个可能性：

一是“负责接待的招牌”，也就是“步”小姐。用三个汉字来标明“ayumi”*是可能的。然而无论用什么汉字标明“ayumi”，也不能让人马上就明白是咖啡馆。如果我在街头看见一间叫“亚由美”的店，多半会当成是和身为高中生的自己无缘的小酒吧。

另一个就是“招牌饮品”。这间店的招牌饮品自然就是咖啡了。老板对小吃似乎也不怎么热心，而且司康饼和三明治也做不了咖啡馆的名字。并且好像也没有用到“珈琲”这两个字。由此推断——

“您刚才说过店的名字跟招牌的名字一样吧。而且这间店的招

* 注：ayumi 即步的日文发音。

牌饮品是调和咖啡（blend）吧？”

“啊，对。”

千反田小声叫了一声。

“老板刚才跟我说的是，‘不能让你品尝本店的调和咖啡实在是可惜’，而不是“本店的咖啡”。”

我点了点头。老板似乎对综合咖啡（house blend）有种十分特殊的感情。

假设那就是店的名字，那么要用什么汉字来标明“blend”呢？类型与“咖啡待梦”接近。果然就如同我听到时所想的那样，大概是音译字。如果是“blend”，那么几乎可以确定是分割成“b”“len”“d”这三个部分。如果按照其他方法来分的话就会出现以“n”开头的字。*

最初确定的字是“兔”。这间店无论是杯子、勺子还是时钟到处都充满了兔子图案。而且关键是老板背后的墙上装饰着兔子的浮雕。所以我怀疑这间店之所以那么强调兔子，也许是因为跟店名有关。

接下来我想到的是“步”。读音中有“b”，又适合用来做店名的汉字并不多。肯定不会用“不”和“侮”。“抚”和“怃”就太难了。“舞”也有可能，但作为咖啡馆来说这个字太高调了。就在那时，我再次想起了“ayumi”小姐。**

好像已经怀孕了的“ayumi”小姐的汉字，大概能推断出。

---

* **注：“blend”在日语中的假名写作“ブレンド”。只有按上述方法分开，才不会出现单独的“ン”即“n”，“ン”在日语中不能成为单独的词或词首。**

** **注：上述汉字的读音均为日文。**

大日向曾对老板说："可不能当着客人的面叫她小坡*。"名字叫"ayumi"，称呼是"po-chan"的话，汉字大概就是"步"。虽然不知道是单一个"步"字，还是后面跟着其他字，但不管怎样都很适合用来标"b"的音，容易读，给人的印象也不差。

最后是"len"。这个字我苦恼了很久。

老板他认为大日向听了会取笑他，所以不愿说出来。大日向会仅仅因为店名里包含了代表恋人或妻子名字的"步"字而取笑他吗？可能会笑，但我不认为那有多难为情。这样看来那就是用来表示"len"的字，会非常地难为情。

墙壁的浮雕上，"心"的里面有两只兔子。

与"步"心"连"心的"兔"。如果店名是"步连兔"的话，也难怪老板会难以启齿。

看了便条本，老板稍微睁大眼睛，然后对我一笑。

"不错。"

"有奖品吗？"

可是，老板笑着摇摇头。

"很可惜。"

猜错了吗？

我并没有沮丧，因为我本来就没什么信心。我相信"步"和"兔"是对的，但唯独"连"字到最后都不敢确定。如同我所想的那样，老板拿起圆珠笔，用两条线画掉了"连"。

然后在旁边写了个字。看到那个字，我终于明白他为什么会觉

* 注：日文原文这里用的"po-chan"。

得难为情了。

在镝矢初中隔壁，即将有一间叫“步恋兔”的咖啡馆开张。恋上步的兔子。本以为老板是个冷漠的人，没想到居然是个浪漫主义者。

然而千反田却侧着头。

“我很好奇，为什么会用‘步’字？”

啊对，我们谈到“ayumi”小姐的时候，她还没来。不过因为也不好让里志他们等太久，我简要地说：

“回去的路上跟你说。”

千反田小声地说：“请务必。”

我望向柜台，确认有没有落下东西。柜台上只有杯子、盘子和勺子。在走出店门前，我突然发现，插在杂志架上的报纸是晚报。我想到一个主意，用食指和中指把晚报轻轻捏起来。我看向天气预报栏，上面写着傍晚开始有雨。我对里志招了招手，得意地说：

“你看，上面写着傍晚开始下雨。”

“哎呀，你还在介意那件事啊。我都不知道你居然那么爱记仇。”

我并不那么认为。已经站在门前的伊原转过头来。

“不看那个也能知道天气吧，你看。”

雨滴开始打在玻璃门上。

明明知道预报却不能在雨下之前回去，实在是愚蠢。不过，折叠伞大概能派上用场。

3. 现在：十一点五公里处：剩余 八点五公里

现在回想起来，那天还是至少发生了一件奇怪的事情。有一个东西进门时还不是那样，离开时却不一样了。我不认为那是偶然。打个比方说，这个问题和在我生日那天该如何处理那只招财猫的问题很相似。

通过追溯记忆，我的猜测正在转变为确信。可是，现在还只是模糊的想法。还是要听听她的说法。

我爬上了山顶，一个小村落展现在眼前。那里是阵出，千反田的家就在那里。

与千反田之间距离的估算已经彻底被打乱了。我时走时跑，速度很不平均。

但我总觉得跑完这段下坡就能和千反田说上话。

第四章　放手会更轻松

两人距离的概算

It walks by past

1. 现在:十四点三公里处:剩余 五点七公里

记得大约在十年前，我曾经和我姐走了很远的路。听说老旧的文化宫要被拆除了，我姐兴奋地说:“不知是不是用炸药拆除呢？”于是就带着我去看。啊，我当时好像也很兴奋。假如可以回到过去，我真想从后面轻轻把手搁在自己肩膀上，微笑着对自己说:“怎么可能。”不管怎样，当时我们不停地走。每次快要哭出来的时候，都会因为老姐说的“一定很厉害”而强忍住。真是一个顽强的小朋友。

拆除工作自然是用重型机械进行而不是用爆破，可我记得看到那个我并没有失望。我想一定是因为巨大的建筑物被哗啦哗啦地拆毁的景象已经让我心满意足了。

我依然记得回程时有多么痛苦。前往时激动的情绪已成过去，被老姐带来，完全不认识路的我连自己在什么地方都不知道，肚子又饿，天也开始黑了。因为我走得慢，老姐多次提醒我。

“走走停停腿会发疼的，跟紧点。”

那天，我是否是自己走回去的，已经不记得了。

之所以会回忆起这段往事，自然是因为我时走时停改变速度，结果腿开始疼了。准确地说是右腿根部很疼。如果说是脚底、腿肚子、脾脏疼，还可以理解。可为什么是那个地方?

下坡路快到头了。

我有意识地抬起有点低垂的头，插完秧苗一片绿油油的田，零星的宅邸立刻映入眼帘。不知是节日还没结束，还是像桃花节*那样，这一带的端午节也是过的旧历，远处的民房前依然挂着鲤鱼旗。看着随风飘扬的鲤鱼旗和被风吹得泛起阵阵波纹的秧苗，我才发现自己也在被凉风吹拂。虽然太阳已经升高，却感觉不到令人烦心的暑热。从神山高中的操场出发到现在，我才有点认真去跑的冲动。偏偏在我想跑的时候腿疼，实在让人受不了。

虽然没有大碍，但为了慎重起见，我还是放慢速度停下。路边开着白色的花，对风花雪月一窍不通的我也知道那是铃兰。我望着那朵不起眼的白花，用手掌按摩右腿根。我按了按，又顺带拍了拍。

“唉，这样的话……”

虽然疼痛并没有消除，但按下去也不会特别疼。好像也没有发硬。正当我判断没有问题，准备重新出发的时候，突然传来一声怒叱。

“喂，混蛋，认真点跑！”

我惊讶地抬头一看，高一时的同班同学某某刚跑了过去。

我和他不是很熟。我们只是同班，并没有怎么说过话。只不过，说起来，他以前也那样说过我。记得那是在放寒假前，全校学生打扫校舍的时候。当时垃圾桶满了，我正要拿去倒，他突然恶狠狠地对我说：“你不许去。”我以为他早就打算自己去倒垃圾的缘故，于是我什么都没说就走开了。

如果他知道我是A班的，那他大概会奇怪为什么我会在这里。但以“只是觉得奇怪”来说，他的语气很粗暴。就连我也听得出他

* **注：旧历里，三月初三是桃花绽放的日子，在日本被看做传统的桃花节或女儿节。**

对我怀有敌意。虽然我不记得对他做过什么，但可能是做了什么让他不愉快的事情。而且……他可能是累了，所以有点激动。

如果现在追上他的话，不管怎样还是有点尴尬。虽然腿已经没事了，但我决定再走一会。

在被数人超过的那段时间，我思考起讨厌一个人这个问题。

我自认不是爱出风头四处树敌的人，但也不是被所有人爱戴的那类人。和几百人打过交道，其中肯定有人受不了折木奉太郎。毕竟再怎么偏着心眼看，我也不是热心参加集体活动的人。在班级活动中也经常偷懒。而且怎么说呢，对于旁人投来的仿佛在说“那家伙在搞什么鬼啊，认真点帮忙呀”般冰冷的视线，我是不怎么介意的。那也许称得上是超然。

然而，我并不会刻意去接近讨厌自己的人。这也是为什么我正在走的原因。在这一点上，我和里志很不一样。

那小子不讨厌和人打交道，所以会参加各种活动，对各种事情出手，干预各种事情。但他并不是要显摆自己。他去不是希望别人“交给他来办”，只是想“掺一脚”。既然主动要求承担一部分，他就不会敷衍了事，但有时也会被人误会是在到处闲逛。就是说，他可能比我更不在乎别人的看法。这或许也是种超然吧。

但也有人离超然还差得很远。多亏某某骂我让我回忆起来。昨天我好像听到那样的对话，但只有直接进行那段对话的当事人能讲出对话的内容。

路旁有个公车站。

值得庆幸的是还有个带屋顶的候车区。墙壁是用白铁皮做的，上面布满斑斑锈迹。从钉在上面的牌子来看就很古老，虽然布满灰尘但大概是搪瓷的。长椅是塑料做的，尽管位于能遮风挡雨的候车区，但那里风化得很厉害，好像随时都会塌了。事实上，在长椅的一头有一道很大的裂缝。截面已经发白，地上也没有碎片。恐怕不是这一两天破的。

这个地方用来观察跑过的神山高中学生正合适。我像要躲藏起来似的若无其事地走进去，在被阴影遮住的角落坐下。只要在这里等着，千反田过一会儿就会追上来。

某某刚才让我认真跑，现在我却连走路都不走了。但我是有理由的。今早，刚从操场出发的时候，我是这么想的。昨天在地学教室里的有我、千反田和大日向。后来伊原来了，告诉我们大日向和她说不会加入古籍研究社。这就是事情的主要经过。

但是，回忆到这里，又听了伊原和里志说的话，我开始隐隐约约意识到昨天放学后的几十分钟有多重要。不能用“我在看书所以什么都不记得”来敷衍过去。做好心理准备后，本以为没有价值而被扔到一旁的记忆又浮现起来。

……姑且不说是不是事实，千反田认为大日向的离开是自己的错，并打算承担起责任。就算我恬不知耻地跑过去跟她说“我可能有方法解决，拜托你停下来告诉我当时的情况”，她可能只会摇头。她那个人一旦下定决心就不会妥协让步。

我必须让千反田停下来。

为此，我必须回想起昨天放学后的几十分钟里到底发生了什么事，并且将一个推理摆在她面前。也就是说，要说出千反田认为大日向退出的原因是什么。

2. 过去：约十九小时三十分前

已经不记得具体的时间了，但距离黄昏应该还早。我走出位于三楼的高二A班教室，慢悠悠地前往古籍研究社的活动室——地学教室。因为看了一半的小说快结束了，所以我想把它看完。

准备回家的学生在走廊上往来，不知什么社团的学生正在往布告牌上贴海报。一个捧着巨大箱子的人和我擦肩而过，也许是看不到前面的缘故，他正不停地从箱子左右探头看路。和平常的放学一样，到处传来尖笑声和细微杂声。我把一只手伸进口袋，里面放着买午饭时找回的零钱。我摆弄着口袋里的硬币。

要前往活动室所在的专用大楼就必须通过中间的走廊。走廊有两层，没下雨的时候可以从走廊的屋顶过去。一走出大风的屋顶，就传来棒球社的人用金属球棒击打棒球发出的尖锐声响。

神山高中放学后，一般可以听到铜管乐社和阿卡贝拉社练习时发出的音乐，但昨天很安静。只见一个不认识的女学生无精打采地靠在栏杆上，仿佛世上没有一点开心事般。如果天色再暗一点的话大概会更美。

我走上通往四楼的楼梯。楼梯中间的宽平台上有个布告牌。招新时期已经结束，布告牌绿色的底色很显眼。唯一的海报上漂亮的女演员笑着，并写着这样一段宣传语“等一下你可以活得更快乐”，不明白它想表达什么。

从这个学年开始，使用专用大楼四楼的只有古籍研究社和天文社两个社团。天文社的活动室经常很吵，昨天却静悄悄的。就在我走在空无一人的走廊上前往地学教室的途中，我突然停下来。

有个人悬在空教室拉门的上门框上。

虽然这样说很吓人，但我确实一瞬间以为有人在上吊。明明可以活得更快乐，为何要自寻短见呢。

但我很快发现不是那么回事。那个人双手正抓着上门框。

悬在那里的是一名穿着水手服的女孩。她的脸对着关着的门，所以只能看到她的侧脸。但这足以让我认出她是谁。我看向她的脚下，穿着深蓝色袜子的脚完全离开了地面。我本想叫她，但我犹豫了。她说不定不想被人看见这个样子。出于同情，我是否应当作没看见？

然而我的关怀都白费了。虽然我不觉得自己有发出声音，但她还是发现了我。

“哇！”

她看见我后大叫一声，立刻放开手，由于用力过猛撞在门上，一屁股摔在地上，然后像被吓了一跳似的蹦了起来，装出什么事情都没有发生的样子。

“你好。”

还很有礼貌地和我打招呼。

“啊，你好。”

“天气好好啊。”

“是啊。”

大日向友子为何在放学后的专用大楼里悬在上门框上呢？这是个深奥的谜题。如果千反田在场的话肯定立刻想弄明白。大日向笑嘻嘻地把手放在身后，很自然地拍打裙子。

既然她已经知道我看到了，就应该干脆地承认看到了。我绞尽脑汁去想如何问出原因而又不伤害到她。

“呃……”

我没有目的地转动食指，然后突然想到。

“对了，你是不是在拉伸身体？”

我委婉而蹩脚地问。大日向露出苦笑。

“不能拉长自己的身体吧？就算能拉长，那也是拉长胳膊。”

“那你是想拉长胳膊吗？”

“嗯，差不多吧。”

大日向婉转地把目光转向窗外，如此搪塞。然后她斜眼望着我，反过来问我：

“你要去活动室吗？”

“嗯。”

“这样啊。”

虽然是不经意的一句话，但我听得出她很失望。她大概没想到我会来吧。古籍研究社的人并不是总聚在一起。大家都是想来就来，这一点过了一年也没有改变。

我望向位于走廊尽头的地学教室，发现拉门被拉开了。是在通风吗？

“好像有人在。”

我望着开着的门说。

“社长在。”

“千反田啊。”

“福部学长好像在委员会。他来了一会，很快就回去了。”

里志还要为明天的星谷杯做准备。我反而不明白他为什么会来。

“他还是那么忙啊。”

大日向干笑着点了点头。

“好像是啊。最近连双休日也……”

她刚开口，又不说了。然后突然像要提及什么机密似的神情严肃地问我：

“你是福部学长的朋友，已经知道了吧？”

我发现虽然没有千反田那么严重，但大日向经常也会省略说明。千反田是说得太急，把中间的部分漏掉了。而大日向好像觉得省略掉内容对方也明白的话，是亲密的对话方式。

我说里志很忙，大日向听了我这么说后说“连双休日也是”。我虽然不清楚里志周末有什么安排，但想必也很忙。关于这件事我所知道的只有一件事，但我不方便讲明白。

“我说你啊——”

“我是从班里的熟人那听说的。”

“熟人？”

再怎么说那个传闻也没有著名到高一的班级那里都知道了。

“啊，福部学长的妹妹和我在同一个班。”

原来是这样。那么一说里志的妹妹好像也进了这所学校。那样一来，大日向听过那个传闻也不是不能理解。

“你和里志的妹妹关系很好吗？”

“还行，会一块吃便当。”

“虽然我只见过她几次，但她好像是个相当古怪的人。”

大日向歪着头说：

“我觉得她有点特别，但不算古怪。我觉得福部学长要古怪多了。”

她稍作暂停。

那么，从那个稍微有点特别的福部小姐那里，大日向到底听说了什么？

我和她互相打量对方。同时在心中猜测对方知道多少事情，可以告诉对方多少。令人窒息的沉默笼罩着我们……

我很快就厌烦了互相试探。为什么我非得小心翼翼地谈论里志不可。我笼统地说：

“是里志和伊原的事吧？”

大日向立刻放心似的放松了表情。

“啊，对。你果然已经知道了。”

“我只知道问题好像已经解决了。”

虽然在别人面前没有做出那样的言行，但伊原已经说喜欢里志很久了。我虽迟钝，也在初三的冬天得知了这件事。尽管里志一直在逃避问题，但我既不打算支持伊原也不打算帮助里志，所以我并不怎么关注事情的发展。

但在今年的春假，我听说里志结束了那闹剧般的逃避。自那以后，他双休日的日程似乎就被安排得满满的了。

“那个熟人说……”

我一直没有机会和女生闲聊。她们是不是都那么眉飞色舞，仿佛沉浸在不为人知的喜悦中一样。

“她说既然他们两个开始交往了，那么福部学长应该会变成三天里只会说‘对不起’的可怜生物，不停跟伊原学姐道歉。以前是不是发生过什么事？”

哎，里志的所作所为居然被妹妹发现了，甚至传到了学妹那里，实在是可悲。还好她好像不是很清楚详情。如果把一个答复拖了一年以上，里志的确有句话要对伊原说。

不过，老实说，我对那件事不怎么感兴趣。面对用充满期待的目光看着我的大日向，我简要地回答。

“自己没什么了不起，却要别人等那么久。我想他大概在为这件事道歉。”

连我自己都觉得说得不清不楚。大日向听了一瞬间愣住了。

还以为她会继续追问，没想到她只是笑了笑，这样说道：

“真羡慕。从你的说法可以感受到你们关系很好，我很喜欢。”

我不知该怎样回答。大日向只是目不转睛地看着我，淡淡地笑着。正当我要继续向前走，准备结束对话的时候，她说了声“那个，学长”叫住了我。

“嗯？”

我停下来回过头去。

“呃，那个……”

大日向叫住我后吞吞吐吐了好一会儿，但她马上就下定决心似的说：

“请等一下。”

然后，她再次对着刚才悬着的那扇门跃起。

我很惊讶。但也懒得去问她到底在做什么，于是照她说的等她。

我望着悬在半空的大日向的背后。刚才她屁股着地摔在地上，裙子上沾上了白灰。校舍没有被仔细地打扫干净，实在令人遗憾。

“话说回来……悬在半空真的很累啊。”

我也觉得会很累。

“是你自己要悬在那里的吧？”

“哈，嗯。好像是啊。”

她敷衍地说。

我问她：

“还是被人吊在那里的？”

“好像是啊。”

我想了一下。如果是被人吊在那里的就太可怜了。我以前也经常被老姐提着，所以很明白那种心情。

“那么，不能爬上去吗？”

大日向只把头转过来。

“我的臂力没那么强。话说——”

我觉得只持续了几十秒。大日向放开了手。这次是双脚着地，然后她回过头来。

“放手会更轻松。让你久等了。”

她难为情地笑了。

当时我确实察觉到有点反常。新劝祭那天，大日向加入社团的时候，我觉得以高一学生来说她有点高。看见那在雪地晒黑的皮肤和爱笑的嘴巴，我甚至担心过这个活泼的新生可能会很麻烦。

然而昨天放学后，在专用大楼四楼的走廊上，大日向就像一个高一新生，不，不如说像即将毕业的初中生一样，看上去很小。

“那么，我们走吧。”

她发出的呐喊声听上去像在虚张声势，我想并不是我的错觉。

还以为千反田一个人在做什么，她正在做一个学生应该做的事情，用教科书和词典预习。一发现我们进来，她马上抬起头，笑着合上了书本。

“你们在聊什么？”

她问。但这没什么好惊讶的。地学教室的门敞开着，千反田的听力也很好。就算听不清对话的内容，也知道我们在聊天。我没有要骗她的意思，所以老实地回答：

“我们在说里志好像很忙。”

虽然不是对话的全部内容，但也不是虚言。千反田没有怀疑，点了下头。

“啊，因为明天有星谷杯。”

这可能是我第一次听见里志以外的人管马拉松大会叫星谷杯。

"大日向同学，三天没有见到你了。"

"啊……是吗？"

大日向心不在焉地回答，环视了地学教室一周。然后慢慢靠近千反田。

"请问，我可以坐在你旁边吗？"

千反田愣了一下，然后笑着说：

"可以，请坐。"

门开着似乎果然是为了通风。面向操场的窗户有几扇被打开，捆成一束的窗帘微微晃动。现在是五月末，吹来的已经不是清凉的风。

从后数第三排，对着操场的窗户数起第三个座位已经成为我的固定座位。我坐下，从学校指定的挎包里拿出袖珍本。

传来拉椅子的声音。我抬头一看，大日向坐在了千反田的前一个位置上。当我找出上次读到的那一页，眼睛开始追逐文字的时候，传来了千反田和大日向对话的声音。

不知过了多长时间。

"是。"

这样的一句话打断了我的集中力。

书是很有意思，但也有列出详细数字的乏味场景。正当我要跳过那部分的时候，突然传来这样的声音让我回过神来。一抬起头就看见千反田的背影，她并没有要回头的样子。

是不是我听错了。不，的确突然传来一声"是"。那应该是千反田的声音。就在我思考其他可能性的时候，我发现，大日向不知在什么时候不见了。不过也没什么好奇怪的。她大概是回去了吧。

我姑且对着千反田的背后喊了一声：

“怎么了？”

虽然声音不大，也没小到听不见。可是千反田一动也不动。本以为她睡着了，但我没见过有人能灵巧到挺直腰板坐着睡觉。我又喊了她一声，为了慎重起见，这次提高了音量去喊。

“怎么了？”

千反田哆嗦了一下。

她慢慢回过头来。我几乎没有见过她露出那种表情。她的嘴角僵硬，双眼无神。她好像很害怕似的摇了摇头，然后立刻把头转回去。虽然有点不放心，但在只有两个人的教室里，很难想象会发生严重的问题。如果又有问题，她应该会毫不犹豫地和我说“我很好奇”，所以应该不是什么大事。

外面不知不觉开始起风了。大风穿过地学教室。虽然还没到傍晚，但气温已经开始下降。我走去关窗，千反田依然背对着我一动也不动。

我回到座位上，重新开始读书。

我跳过数字多的部分再次沉浸在书中的世界，等到一个章节结束后我才再次抬起头来。我觉得并没有过去多长时间。

我本打算全部看完的，但天色不早了。我放下书收拾东西准备回家的时候，伊原打开门走进来。

伊原神情困惑，有点担心地问：

“喂，是不是发生了什么事？”

千反田支支吾吾地回答：“没有。”接着伊原回头望向走廊，压低声音说：

“我刚才在那里见到小日，她和我说不会加入社团。”

3. 现在：十四点五公里处：剩余 五点五公里

我躲在候车区的暗处，看见好多个神山高中的学生从我的面前跑过去。既有人像从操场刚出发时那种状态似的依然保持轻快的步伐，也有人可能在陡坡上耗尽体力，一副奄奄一息的样子。还有人可能已经厌烦了星谷杯，正慢悠悠地走着。

其实我很想低下头思考，可那样很可能会看漏了千反田。我坐在不太牢固的塑料长椅上，抬起头思考。

我认为大日向退出的原因就在从新劝祭到昨天的这几十天里。带着这样的怀疑去回忆过去的事，确实找到了几个奇怪的地方。我觉得伊原和里志的回答证实了那些疑问。

但千反田又是怎么想的呢？从她昨天的样子来看，她对大日向退社的理由有头绪。她认为退出的理由是这几十天郁积的不满吗？还是认为理由只存在于昨天放学后的那几十分钟里呢？

如果她认为理由在这几十天里的话，那么就是这么回事。

千反田认识到自己在逼大日向。虽然不能断言她那样做带有明确的敌意、恶意，但至少昨天大日向提出要退出的时候，她立刻就明白：“啊，因为我一直在做那样的事，所以大日向才会离开。”直截了当地说，就是千反田欺负大日向，把她赶走了。

如果她认为理由在几十分钟里面的话，那么就这样。

昨天就在我读着袖珍本，为书中特工大显神通而激动不已的时候，千反田彻底地激怒了大日向。比如说正要吃炸鸡，千反田却自作主张淋上了柠檬汁。大日向一怒之下退出了社团，就好像在说："我没法和这种人一起活动了！"如果是这样的话，那大日向退社的理由就是一时情绪激动。

她到底是怎么想的呢？

大日向在这几十天里，心里肯定是郁积了很多不满。所以她才会用"像菩萨一样"这种极为婉转绕圈的说法来指责千反田。

可是，那么，千反田是夜叉吗？是她持续对大日向施加心理压力，逼迫她退出吗？

我逐渐明白自己应该考虑的是什么了。

等待的感觉很难熬。虽然比不上昨天的大日向，但悬在半空实在是很累。

最糟糕的情况自然就是千反田已经跑到前面去了，而我却没有察觉。那样的话，我将在这个公车站等待一个不会来的人，一直等，白白地等，直到一个严冬的早上被人发现身体已冰凉，被后人改编成名为《等待千反田》的舞台剧。因为我已经推算不出我们之间的距离了。

我思索。

如果不从这里回到神山高中，星谷杯就不会结束。可是我不想跑。应该说，我累了。而我现在在公车站。公交车是移动工具。

既然如此，索性坐公交车去学校好了。没问题，我兜里揣着零钱。为了在中途口渴的时候到自动售卖机买点东西喝，我身上一直藏着零钱。这不是一个好主意吗？我从一开始就明白，不擅长计算的话用计算器就是了，不擅长英语的话用翻译软件就是了，不想跑的话适当采用其他交通工具就是了。这不就是所谓的生存能力吗。哎呀，今天学到了很多东西。

正当我在想着那种事情的时候，千反田从我的面前跑了过去。

我一刹那间不能肯定是她。还没有看惯白色短袖和胭脂色紧身裤是一个原因，但主要还是因为她把头发扎了起来，给人的感觉和平常完全不同。千反田不是第一次扎起头发，比如新年首次参拜时我就见过她扎头发。那次是为了搭配身上穿的和服。但这大概是我第一次见她把头发扎在较高的位置。正因为很熟悉她平常的言谈举止，我差点就没认出微微张开双唇跑步的千反田。

我站起来，跑出去。因为犹豫了一下起步晚了，所以我加快了速度。

星谷杯的路程已经过半，而且刚刚才翻越了一个险要的山岭，可是从千反田的步伐看不到疲劳感。她夹紧双臂小幅摆动，踏着沥青路面，规规矩矩地，有节奏地跑在地面画的白线内侧。

一条笔直的马路穿过茂密的森林和插着秧苗的农田中间。也许近年刚重新铺设过，路面的沥青很黑，看上去很新。虽然还没到正午，但高挂的太阳映入眼帘，晃得我眯上眼睛。我一边测量着和千反田的距离一边跑。

我觉得突然冲过去不太合适。虽说现在不是赛事的初期阶段，已经不能在跑的同时顾及其他人，前后还是有很多同班同学。然而就这样尾随着她也不好看。我必须尽可能快，并自然地追上她。

于是我把距离缩短到虽然够不着她人，但能让她听见我的叫唤声的程度。

但是接下来却遇到了麻烦。

声音堵在了喉咙深处。双脚很沉。双腿的疼痛似乎也复发了。我立刻大口地喘气。

“糟了。”

我嘟囔了一声。

我觉得自己要追不上她了。

因为我不想追上她。如果追上，我就要说出自己的推理。一想到那个，速度就明显降下来。我觉得自己的推理是正确的，但我还是下不了决心。

是50米,100米，还是更长？我和千反田保持着一定距离，既追不上她，也不能离开她。我不能就这样一直望着千反田左右摆动的辫子跑在她后面。

我咬紧牙关。下定决心冲上去。

几乎就在同一时刻，发生了一件令人难以置信的事。

千反田跑着跑着，忽然将上半身转了过来。

我和她对上了眼。

只能上了。我提升速度。虽然千反田转过头来，但大概没想到我会在她身后吧。她惊得目瞪口呆，立刻把头转回去。不管怎么说，看着后方跑始终是很危险的。对于作为学校教育一环的星谷杯，千反田拿出了十二分的干劲。她虽然没有放慢速度，但也没有要甩下我。

只要下定决心去追，很快就能追上。在五月底的风中，我和千反田并排跑着。

千反田的节奏没有乱。她斜着眼睛看向我。我故作镇静地说：

“不好意思，我本想叫你的，那个……”

明明觉得尾随着她给人的感觉很不好，可还是那样做了。

虽然她对我的辩解好像不感兴趣，但她因为运动而紧绷的脸上浮现出了不解的神色。也许是不想打乱呼吸，她的问题很短。

“为什么在这里？”

她也许已经察觉到我理应领先她很多。事已至此，不能犹豫了。

“我想和大日向谈谈。”

“……”

“为此，我想先和你谈谈。”

有一段时间，千反田的嘴巴只是不停地短促呼气。她的速度完全没有变化。我保持着几十厘米的距离与她并排跑着，等待她答复。

不一会儿，千反田神色悲伤地说：

“那件事是我不对。”

“是昨天的事吧？”

“那是我和大日向同学之间的问题。”

她停顿了一会儿，调整好呼吸后继续说：

“谢谢你的好意，但我不能给你添麻烦。”

也许因为干燥，千反田的双眼有点湿润，但依然注视着正前方。她没有继续往下说。我早就预料到她会把责任都揽上身。也明白只凭“回答我的问题”这样一句话不能让她停下来。

但是，如果可以的话我不想使用最后的王牌，所以我重复了一次。

“我想知道昨天发生了什么事。大日向说不定是误会了。”

“你的好意我心领了。是真的，可是——”

她把头转过来，对我露出微笑。

“这不关其他人的事。”

如果现在不是在跑步的话，我可能会想叹气。我早就猜到她一定会这样说。不过这也让我弄清楚一件事……

我很想把手放在她肩膀上让她停下，可我不能那样做。我祈祷着千反田能清楚地听见我说的话，对她说：

“你错了。”

我对着她的侧脸说：

“不是那样的……大日向不是气你偷看她的手机。”

一直很有节奏的千反田的呼吸第一次紊乱了。

赛道顺着森林外围延伸，那片森林好像是守护当地的森林。马路在水梨神社前转向河边。

神社内没有人。只有不知是什么品种的鸟在叽叽喳喳地鸣叫。除了厕所旁的洗手池，还有一处有泉水涌出的地方。千反田用勺子接住从斜着劈开的竹子流出的水，慢慢倒入口中。

“我很擅长长距离跑。”

她一边整理体操服一边说：

“我本想着一路跑到终点的。”

“不好意思啊。”

“这里的水很清凉可口。你也来点吧。”

她让开位置，于是我洗干净手后用手接住水。涌出来的水冰凉刺骨，一口气喝下去可能会肚子疼。我先把水含在口中，让水慢慢通过喉咙。

可以看见神山高中的学生从神社鸟居外跑过。我们之所以进入水梨神社是因为千反田建议：“我们换个地方谈吧。”这里确实很安静，可以静下心来谈话。

千反田用右手抱着自己的左胳膊，微微低着头站着。确认我喝完水后，她用平静的声音问：

“我所做的事，你都看到了吧？”

“不，我没看见。所以我不清楚详细的情况。”

“没看见？”

虽然如此嘟囔了一声，但千反田没有催促我继续往下说。我再次用泉水淋湿手。虽然冷，但很舒服。

“我只看见你的后背。以及听见你说了声‘是’，但是，我明白了。”

“我说过那样的话吗？”

“果然是无意识的行为啊。”

我露出苦笑。

我追寻昨天那几十分钟的记忆，回忆起那一声“是”。虽然当时不明白她为什么会突然说出这样一句话，但她没有说什么，所以我以为不是重要的事，就把这件事给忘了。

可是，那个声音把我从小说的世界拉回来的时候，地学教室里就只有我和千反田两个人。而且如果千反田误以为我在叫她才回了一句“是”的话，那么后来我问她“怎么了”的时候，她应该会回应我。

那么，那到底是什么意思呢？就算她是把风声误听成有人叫她，后来我叫她的时候她应该会应答。事实上我第一次喊她的时候她连头都没回，第二次叫她的时候，也只是转过头来。

当时我就应该察觉到那是什么意思。也就是说，千反田当时不想和我说话。为什么呢？

她并不是突然讨厌我到不想和我说话。

“那一声‘是’，是接电话时的声音。”

“是那样……吗？”

“你当时接了电话，对吧？”

“是的。我的确接了电话。但我不记得说的是‘是’还是‘喂’。”

这很正常。应答的话语都是在无意识中说出来的。不过，要是她当时说的是“喂”的话，那么我当场就知道她在做什么了。

“我叫了你一声，可你只是摇头，什么都没说。”

“这个我记得。因为……”

“因为正在通话，所以你不希望混入不必要的声音。”

千反田点了点头。

不用说，那通电话不是千反田打出去的，而是对面打来的。否则第一句话就不会是“是”。

但是，千反田没有手机。理由不明，总之就是没有。那么那个手机是谁的呢？

可能是在地学教室上课的学生落下的，然后在放学后收到电话。我想过这个可能性。

但我研究了一下，觉得这可能性不大。

“如果那是陌生人的手机，来电的时候应该会发出很大的声音。可是我什么都没听见。”

按理说应该会响起来电铃声，或者在振动模式碰撞到硬物，发出就连没有手机的我也经常听见的“嗡嗡”的声音。如果那个声音传到我所在的位置，看书的集中力暂时中断了的我应该会觉察到。事实上，我听到了后来的那一声“是”。

也就是说，要么没有声音，要么就是声音非常小。那又是为什么呢？

“如果发出响声的是大日向的手机，那么就解释得通了。”

“大日向同学的手机不会响吗？”

“怎么会。不是那个意思。你回想一下，当时大日向的手机在什么地方。”

千反田立刻回答：

“在桌上。大日向同学坐下时把它放在了那里。”

那么一说，我们曾经在放学后品尝鹿儿岛名牌糕点。那时大日向也把手机放在桌上。我不记得她穿便服的时候那样做过，所以恐怕是穿水手服时的习惯。

“而且，昨天你的桌上摆着教科书和笔记本。如果手机被放在那种柔软的物体上，振动发出的声音会被吸收，变小，传不到我那里。”

千反田接了电话。可是我没有听见电话发出的响声。根据这两点，我推断响的是大日向的手机。

如果到别人家拜访的时候电话响了，而主人不在的话应该怎么做？不去理会等待铃声停止是一种选择。但是，先接电话，告诉对方“主人现在不在”也是一种选择。事实上，不久前在“步恋兔”当体验员的时候，千反田就因为接了拜访的那家人的电话而来迟了。昨天发现手机收到来电后，她大概是想转告口信，于是接了电话。

但是，在别人看来那不是单纯的善意。

“昨天，你接通电话的时候，大日向当然没有在教室里。但她不是回家了，她只是碰巧离开教室去上洗手间或是做其他事情，所以她马上就回来了。然后她看见你在用她的手机。”

千反田轻轻地点头。

昨天，听见那一声“是”后，我觉得风很大吹得人很冷，于是就把窗户关上。有风就表示那个时候地学教室的门也许还开着，可是我记得后来伊原来的时候是打开门进来的。

也就是说，必须有人先把门关上。

那个人恐怕就是大日向。她中途离开，回来了，然后真的回去了。离开的时候，她把门关上了，在路上遇见伊原，告诉她不会加入。

“大日向同学放在字典上的手机突然震了起来。”

千反田说：

“大日向同学去了洗手间，没在教室。虽然我也觉得擅自接人家的电话不好，但一想到对方可能有要紧事……总之我拿起了手机，可能是我按了什么按钮，震动停止了。我已经不记得了，如果我说了‘是’，那是因为我以为电话接通了。但我听不见对方的声音。

“因为是别人的东西，所以我不敢放在耳边听，于是就用手掌托着手机，集中精神看能不能听见什么声音。我心里只有一个念头，就是绝对不能弄坏……我记得你叫了我一声。现在回想起来，要是当时和你商量一下就好了。”

她以为电话已经接通了，所以没有办法。

“你把手机放在手掌上。然后，对方一声不吭。”

“是的。”

那么千反田可能没有使用那台手机。

因为用过里志的手机几次，所以就连我也能猜出是怎么回事。大日向的手机之所以会震动，不是因为收到来电，大概只是收到邮件而已。千反田没有按下奇怪的按钮，震动一定时间后就会自动停止震动。也许真的收到来电，但在一定秒数后就切换到了留言录音。不管怎样，千反田只是把手机放在手上，并没有接电话。

可是大日向没能看出这一点。

“大日向同学回来了。因为我没想到她会用那种眼神看我，所以我惊讶得说不出话来……她把手机从我手中捏起来，用几乎听不见，却很冰冷的声音说了声‘再见’，然后就走了。我真笨，我那才意识到自己做错了。"

"不就是手机吗。"

"对我而言，只是一台手机。可是……"

千反田强作笑容。

"谁都有珍爱的东西。"

她轻声说：

"因为自己没有，所以我不明白对大日向同学而言手机有多么重要。后来才知道，那对持有者来说就像日记一样。不，可能更重要。随便偷看朋友的日记，光是这样就有可能让友情决裂。谁都有秘密，这些道理我都懂……所以大日向同学生我的气是合情合理的。"

她说的话不是不能理解。有时候确实会有那样的事情。我也没有手机，所以不清楚那种行为有没有可能会触怒对方。

"那么，你打算怎么办？"

"我打算回到学校后，就去找大日向同学道歉。因为昨天连句道歉的话都没能说。"

按照她的理解，她当然会这样打算。竭尽诚意地道歉也许能取得对方的原谅。前提是问题真的只是手机。

但昨天发生的事情，千反田和大日向之间发生的事情并不是那样。看见千反田动了自己的手机，大日向大概很生气吧。当然，那可能是压死骆驼的最后一根稻草，但不是全部。我说：

"我劝你别那样做，没用的。"

"是的。"

千反田点了下头。

“你刚才说了不是手机的错对吧？如果你说的是真的，那大概是徒劳的。可是，既然如此。”

她没有作声，想了一下。

平时总是反应迟钝，这种时候却很敏锐。她忽然抬头看我，悲伤地说：

“我可能，在无意中伤害了她……”

她这样说。

昨天，进入活动室前，大日向做了很奇怪的举动。她吊在门框上到底想做什么呢？我想她并不是想做什么。地学教室的门开着，可以看到里面。看见里面只有千反田一个人，大日向犹豫了。就像刚才我追着千反田，不敢叫她一样。

被叫去学生指导室的时候，茫然地站在门口，为了下定决心而拍打自己的脸。收到老姐寄来的信的时候，估计里面又没写什么好事，仰天长叹一声后拆开信。她“悬在空中”的行为恐怕就是那种为了下定决心的仪式。

就是说，大日向是抱着与人决一胜负的觉悟前往活动室的。她从一开始就打算和千反田对决。也难怪在我出现后她会表现出失望的神色。

千反田双手抱在胸前，低垂着头，眼神中带着痛苦。然后，她叹着气说：

“我不奢求你相信我。”

“什么？”

“我，并没有那个意思。对大日向同学而言，我似乎不是一个好学姐。可是，我不是有意那样做的。我现在都还没有搞明白到底是什么地方做错了……我不奢求你相信我。”

这家伙在胡说什么，为什么她会这样想。千反田说的话有时让人听得一头雾水。

“晚了。”

“是的，已经晚了。”

“如果我认为你在刁难大日向，不可能会在跑着马拉松的时候叫住你。不会特地选择在这累死人的日子里。”

千反田忽然抬起头。我反而把视线移开。

这里是最大的赌博。千反田是不是故意的？她是否表面上装作和蔼亲切，背地里却伤害大日向，逼她退出？

我的根据只有“我觉得不是”。

如果在去年，我可能会怀疑是千反田做的。各种信息显示，千反田在我不知道的地方有意地对大日向施加压力。没有证据明确地否定这个说法。

可是这一年，虽说不是全部，只是一小部分，但我对千反田有了一点了解。听了她舅舅的故事。被她带去录像带电影试映会。一起去了温泉旅馆。在文化祭上卖文集。放学后闲聊。一起被关在仓库里。为雏人偶撑伞。

所以，我觉得不是。

虽然比一般高中生更稳重的措辞会让人觉得难以接近，但我不相信是千反田赶走了新生。

我把一切都赌在了“我觉得”这个称不上合理的判断上，结果让我看到了“虽然大日向在过去的几十天里从千反田身上感受到了压力，但千反田并没有那个意思。她相信是昨天的那几十分钟里发生的事情激怒了大日向”这样一个全貌，于是我又把一切押在了这上面。看来我赌赢了。

水梨神社被巨大的杉树环绕，鸟的鸣叫声不绝于耳。我斜眼看了千反田一眼，在透过树叶间隙照进来的阳光中，她的表情就像一个终于等到人来接的迷路孩童一样。

“折木同学，我——”

但很不巧，我现在没时间听她继续说。千反田是高二里最后出发的。我必须在大日向追上来前查清楚一切。

“那么，昨天你们都聊了什么？”

虽然千反田好像有话想说，她还是用力地点了点头。

“我明白了。我都告诉你。”

但是，我听到她用很小的声音说：

“但是……应该和平常没什么不同才是。”

4. 现在：十四点六公里处：剩余 五点四公里

昨天我在做英语作业。

我知道走廊上有人。因为昨天很安静，脚步声很清晰。可是，那个人来到附近却一直不进来。你来了以后，我才知道那个人是谁。和你交谈的声音是大日向同学的声音。

老实说，我早就觉察到大日向同学对我有一点隔阂。我曾怀疑是不是我的态度太恭敬了。所以昨天大日向同学主动找我说话，我很高兴。

最初，我们聊了桌上的教科书。比如，不擅长英语，不明白学数学到底有什么用，我擅长的科目是什么。我觉得我们聊的话题都很普通。

然后我们又聊了天气。大日向同学说第二天是星谷杯，希望下雨。我本以为她喜欢运动，所以表示很惊讶。大日向同学笑着说："作为自己的爱好参加越野赛跑和被学校强迫长跑，感觉完全不一样。"

可是，这些话似乎只是开场白。现在回想起来，大日向同学也许从一开始就有什么话想要和我说。话语一中断，她就好像有什么想要说似的。虽然我并没有催促她说出来，但应该也没有阻止她。可是大日向同学轻声叹了口气后，像平常一样用快活的声音说：

"伊原学姐今天没有来啊。"

虽然还不知道摩耶花同学会不会来，但我还是附和道：

"是啊。她可能去了漫画研究会了。"

我立刻意识到自己说错了，于是马上订正：

"啊，不，她已经退会了。"

我记得大日向同学好像很感兴趣，稍微向前探出了身子。

"伊原学姐以前是漫研的吗？"

"是的。她很会画画。虽然她在漫研里也有几个关系很好的伙伴，但我觉得她离开是正确的。"

然后大日向同学的表情有点僵硬。

"学姐，是喜欢漫画才加入漫研的吧。既然朋友也在那里，为什么要辞退呢？”

我有点犹豫。因为我知道摩耶花同学在漫画研究会里一直过得很不开心。摩耶花同学绝对不会把自己痛苦的经历告诉大日向同学。我不知该不该擅自说出来。

所以，我说得很笼统。

“是啊。她似乎也对那里抱有一份特殊的感情……漫研里似乎有很多与她观点不同的人。当然可以选择让步。事实上，她去年似乎一直在忍耐。

但是，认为对方的观点不对却要一直让步是很一件辛苦的事。虽然很遗憾，但我认为她离开漫研是英明的决断。”

大日向同学听得很认真，让我感到有点意外。她目不转睛地凝视着我的眼睛。我觉得有点困惑，低下了头。然后她说：

“可是，那也不用弃而不顾吧？”

弃而不顾这个词很不留情面。我想你也知道，摩耶花只是对漫研的多数派做出让步。但换个角度来看，摩耶花等于是丢下了仰慕她的少数派不管。于是我说：

“虽然那是个痛苦的决定，但摩耶花同学应该保护自己。她在斗争中受伤了，但漫研的人并没有支持她。

“按理说，摩耶花同学没必要加入到漫研的党派斗争当中。她应该更加超然，专注于自己喜欢的漫画。但已经晚了。而且摩耶花同学也不是那种人。

“既然早晚都要离开，你不觉得在新学年开始是个很好的机会吗？”

大日向同学陷入了沉思。看到大日向同学那么担心摩耶花同学，我感到有点高兴。

过了一会儿，大日向同学做出一个连我都看得出是假笑的笑容，说："的确是个好机会。"然后离开了座位。

"失陪一下。"

说完，她走出了教室。

折木同学，我还是觉得很奇怪。昨天放学后，我们没有说什么奇怪的话题。

5. 现在：十四点六公里处：剩余 五点四公里

也难怪千反田会那么说。只听她刚才那番话，确实只能得出"千反田担心伊原，并支持她的行动"这个结论。先不说是否奇怪，那件事和大日向根本就没有任何关系。

可是，我还听到了几个情报。也知道了大日向有什么习惯。基于这些再去听千反田说的那番话，我好像明白了昨天放学后大日向的心境发生了什么变化。

大日向认定千反田是个可怕的学姐。千反田被当成让大日向退出的元凶。从星谷杯开始前，我就察觉到这里头存在什么误会。

最初里志说没想到我会去挽留新社员。说实话，我并不在乎。反正我们社团什么也不做。不管大日向是加入还是退出，我都无所谓。

但我不希望留下不该有的误会。如果被误会的人是我，我大概并不会太介意。但事实并不是那样。

“还有什么是我能做的？”

最重要的事情应该已经问了。但是，那同时也是我从星谷杯开始前就决定要问的事。

让记忆回到这个水梨神社，我察觉到有一个问题只能问千反田。听到那件事的时候，我只是觉得那个问题很奇怪，但现在意思就不一样了。

“有。我想问一下。”

“请说。”

“上次，我们去大日向亲戚开的咖啡馆那天，回去的时候，大日向问你认不认识一个叫什么的高一生，对吧？”

不愧是千反田，她立刻回忆起来。

“是的。是阿川佐知同学。”

“她是谁？”

记得那天，大日向问了她认不认识后，她立刻就回答了。我以为那一定是她的熟人。

可没料到，千反田侧着头，不安地说：

“不……我不认识她。”

“是吗？”

“我只知道她在高一A班。”

“你不认识那个人，却知道她在哪个班？”

“你应该也知道。”

我？

千反田记忆人脸和姓名的能力很强。去年，我和她在同一个教室上过一次音乐课后，她就记住了我的名字。因此千反田在什么地方见过阿川佐知的名字并不奇怪。可我不行。

我应该没什么机会见到低年级学生的名字。我低下头思考。

高一,A班，阿川佐知。

“我应该也知道……阿川，阿川……”

“喏。”

可能不打算吊我的胃口，千反田开口说。但同时我也灵光一闪。

A班的阿川（agawa）。

她的学号在女生中排第一的可能性很高。在大家成绩差距不明显的入学初期，那是很明显的特征。

“入学典礼的时候，她被选为了学生代表？”

“没错。”

千反田点了下头。

“A班学号在男生中排最前的相仓直也同学，和同为A班学号在女生中排最前的阿川佐知同学负责读入学宣誓词。大日向同学的提问确实很唐突，很奇怪，我还以为她是在测试我的记忆力。”

不对。那应该不是单纯的测试。

“除此以外，你还知道什么？”

“她留着长发。因为我只见过她的背影，所以只知道这么多。”

但大日向恐怕并不这样认为。

该问的都问了。余下的只是与大日向交涉。

不安还是有的。我很想像昨天的大日向那样，悬在棍子上做好觉悟。

“我明白了。可以了。我一定会想办法解决的，你先回去吧。”

说完，我抬起头来。

千反田那双大眼就在我眼前。

我吓得身体向后仰。千反田对我说：

“对不起，折木同学。后面的事就交给你了，大日向同学也许听不进我说的话。但是……

“如果大日向同学有什么烦恼的话，你可以帮一帮她吗？如果存在误会的话，你可以帮忙解开吗？就算大日向同学不会再来古籍研究社，至少也要把这个问题解决了。”

我也这么认为。我从一开始就是这么打算的。我点了点头，说了声“知道了”。千反田对我鞠了一躬，然后就转身跑开了。

第五章　两人距离的概算

1. 现在:十七公里处:剩余 三公里

我放空大脑跑了一会。

因为我让千反田早我几分钟出发，所以没那么快会追上她。现在只能等大日向追上来。虽然可以站着等，但我决定边跑边等。虽然大腿根部仍然隐隐作痛，但我还是跑过了吹来五月风的河边，翻越了位于杉树林间，空气潮湿阴冷的山路，以及汽车尾气扑面而来的旁路。

眼前出现了一个信号灯，行人信号灯开始闪烁。信号灯前站着一个总务委员，似乎是高一的总务委员正犹豫着是否要阻止学生通行。我一溜烟地从他身旁溜走，一口气穿过人行横道。我这才发现自己已经回到了市区。私家车和货车在旁路上往来，抬头可以看到许多低矮的公寓。

跑步是一件很可怕的事情，它会让大脑一片空白。感觉无论是之前回忆起来的事实，还是构筑起来的想法都在逐渐从大脑溶解流出。我理解享受没有杂念的境界，但我现在必须记住这全部。但我还是跑了。我会不会如覆水难收般，把什么事给忘了？我知道应该停下，但奔跑中的双腿就是停不下来。我就像在长跑一样，短促地呼气，小幅摆动双臂。

很奇怪，去年也经历过几次一对一的对峙。暑假帮助高年级学生制作录像带电影时和入须学姐。文化祭那时也在停车场与人面对面地交涉。除此以外应该还有几次，但气息一急就想不起来了。

但，我觉得，无论是哪一次，心情都没有现在这么沉重。

也许是为了避开前方的十字路口，原本沿着郊外的旁路笔直延伸的赛道转向了狭窄的住宅区。这里是神山市中特别古老的一个角落，随处可见米黄色的柱子和生锈的白铁皮。我从油漆开始剥落的红色邮筒和黄色的反光贴开始褪色的电线杆旁穿过，来到一座横跨一条小河，全长几米的小桥前。

就这里吧。这里靠近河边很凉快，而且桥头有一小块空地，就算站在那里也不会挡着路。拿定主意后我停下脚步。好像在说鞋带松了一样，我蹲了下来，装作要绑紧沾了泥的运动鞋的鞋带，但连我自己都觉得自己在卖弄小聪明。

传来潺潺流水声。穿着白色上衣和胭脂色裤子的学生从我旁边跑过。

跑了十几公里的路，很难再保持笑容。

有个男生精疲力竭，跑得比正常走路都慢，但依然保持着摆臂跑步的姿势。有两个女生可能说好要一块儿跑，尽管都低着头，但还是并排跑着。有人步履维艰，也有人可能弄伤了脚，痛苦地皱着眉头。看不到一个面带笑容的人。

高二的基本都在前面，现在看到的都是高一的。一群可怜的孩子，连前面还有多长的路都不知道。我很想给他们加油，告诉他们来到这里离终点已不远了……说起来，无论我想不想，我似乎已经成为别人的“学长”了。

绑完右边的鞋带绑左边，绑完左边的鞋带又去绑右边的，像这样争取时间。

目送几十张疲惫的面孔离去。不知等了几分钟。

大日向出现了。

不出我所料，她没有和其他人一起跑。她一个人夹紧双臂，微微张开嘴巴，用难以说是轻快的步伐跑来。

原本还担心她可能会不理我。我也做好了思想准备，如果是那样的话也没有办法，只好放弃了。

然而大日向睁大眼睛，放下胳膊慢慢降低速度，在我跟前停了下来。调匀有点急促的呼吸后，她抬起头说：

“学长，你怎么在这里？”

跑了十几公里的路，很难再保持笑容。

可是大日向她，就像招新那时那样，咧着嘴笑了。

“怎么了，友子？那是谁呀！”

有人开玩笑似的叫了停下来的友子一声。大日向对着那人的侧脸回答：

“社团的学长！”

那人敷衍似的应了一声“哦哦”，然后就走了。可能是她的同班同学吧。

“真八卦。”

大日向发了一句牢骚，稍微皱起眉头。

“对了，学长，你到底在这里做什么？我记得你很早就出发了。”

“啊……”

“等等！”

大日向大声喝止我，然后用手抵着下巴。

“让我自己想。站在各处的是总务委员。你不是总务委员，但福部学长是总务委员，你们两个很要好。我懂了。”

她抬起头来。

“你猜我明白了什么？”

她没意识到自己把脑子里想的东西都说出来了吗？

“你认为我是受里志所托，代替他做总务委员。”

“说中了！”

她顿时笑开了颜。笑得很自然，和昨天放学后不一样。这就是跑步者的愉悦吗？还是因为决定退出后，放下肩上的重担？

“那么，我说得对吗？”

我指着自己脚下。

“我的鞋子沾了泥巴。总务委员会守在各自的岗位上，不会变成这样。因为我是跑来的，所以鞋子才会脏。”

大日向看了我的运动鞋，不满地撅起嘴巴。

“那可能只是因为你是个鞋子脏了也不洗的人。”

“我都说了是跑来的，你有什么不满的。”

“那你在做什么？”

“在等人，有件事想和那个人说。”

“等谁？”

问完后，大日向惊讶地指着自己。

“等我？哇！”

她好像并不是讨厌被人伏击。听她的语气，她好像已经料到会这样了。

“耽误了你不少时间。”

她低下头，然后摆动着短发说：

“实话说，我已经猜到会有人来劝我。但没想到会是你，而且还是在马拉松大会的时候。”

然后她定眼看着我，笑着说：

“但是，抱歉，我已经决定了。你们的社团很有意思，肯定很快就会有其他人加入。”

那是不可能的。

我已经不打算挽留大日向了。

“我想和你说的，不是那件事。”

我轻轻吸了口气。

“我只想告诉你。”

“那个，你在大庭广众下说，我很为难。”

我没有理会她的玩笑话，将组织好的语言说出来。

“千反田对你的朋友一无所知。”

“咦？”

“她什么都不知道。”

大日向那张晒黑的脸上顿时失去了表情。

千反田什么都不知道。可是那就等于承认我知道。大日向立刻察觉到这层意思。

不知沉默了多久。依然保有体力的跑步者掀起一阵风从身旁跑过去。仿佛因此回过神般，大日向说：

“如果千反田学姐不知道，是谁告诉你的？”

“没人告诉我。”

“我不想在这长谈。”

我也同意。站在路旁太显眼了。我已经想到一个方法。我用眼睛指向旧民房与旧民房间，被板壁夹着的小巷。

“走其他的路就是了。”

“哈？”

她说不出话来。

“那样做可以吗？这是马拉松大赛吧？”

“是星谷杯。当然，如果你是想留下记录的话，我也不勉强你。”

大日向看了下我指示的小巷，看了下经过小桥的赛道，又看了下跑过去的学生，然后似乎想了一下。不一会儿，她得出了结论：

“行，走吧……我稍微有点紧张。”

如果被人发现我们公然偏离赛道就麻烦了。我和大日向趁着神山高中学生的队列中断的瞬间，很自然地溜到了小巷里。

2. 现在：十八点六公里处：剩余 一点四公里

“那么，这条路能回到学校吧？”

被带到陌生的路上，她自然会不放心。

“能够在荒楠神社前和大队会合。这条路要近很多。”

"捷径啊……"

我听见她如此嘟囔。她好像还是很介意偏离赛道这件事。

"折木学长，你还真是我行我素啊。"

没有吧。如非必要，我也会沿着赛道认真地跑。因为我实在想不到其他办法，所以只能这样了。

我们在步行。已经不用跑了。

就连这条两个人并排走就已经没有空隙的小巷子也铺着沥青。阳光照射不进来。水在路沟里流淌。

"啊，有只猫。"

大日向小声说。我一看，板壁上确实有只猫。身上有着褐色的虎纹，很瘦，就在我这么想的时候，那只猫一转身，消失在围墙另一头。

"你不喜欢动物吧。"

"我从来没有想过这个问题。为什么这么说？"

"因为动物很麻烦。你不是很怕麻烦吗？"

她说对了。但我从来不觉得自己讨厌动物，也没觉得喜欢。

"别擅自断言。"

"……说得也是。"

她的声音变小了。

"我就是那种人。我还要断言其他事情。"

"比如说？"

"我认为千反田学姐什么都不知道，是你为了袒护她而说的谎言。如果谁都不知道，那么你不可能知道。"

关于大日向，在星谷杯上我想了很多。我不敢说自己对她有多了解。但这个我可以说。如同她本人刚才说的那样，这个学妹有点固执。

“不，仔细想想，其实还是能找到很多线索的。”

“真的吗？”

随声附和了一声后，大日向嘟囔了一句。

“我应该没有说是因为千反田学姐才退出的。”

“你虽然没有直接说出口，但你对伊原说她‘像菩萨一样’吧。”

“那不是在赞美吗？”

如果真是那样，你大可不必低着头说。

“你是想说她貌似菩萨，心如夜叉吧。”

大日向有气无力地抬起头，露出苦笑。

“我就是怕你们听懂才那样说的，请你当做没听懂。”

“不要小看高二学生的知识量。如果不希望别人听懂，最好还是说得更难懂一点。”

“例如用俄语说？”

“用俄语说……”

脚下有块石子。大日向把石子踢飞，轻叹了一口气。

“原来你都知道啦。如果真的不是千反田学姐告诉你的，那么学长，请告诉我。我到底是哪里做得不对？”

“你没有什么做得不对的吧？”

“那是一种措辞。”

我不是从千反田那里说的，而是通过回忆大日向的言行推理出来的。不说明推理的过程，她大概不会听我说吧。我早就猜到了。但是，要有条理地向她说明有点困难。

“该从何说起呢？”

“从第一次见面的时候开始说不就好了？”

那确实是最简单的方法。

“那样的话得说很久。我觉得可以更简短地说明。”

“说得久又有什么关系呢？反正我们……”

她想了一会儿，然后露出犹如自嘲般复杂的笑容。

“已经偏离了正确的道路。”

说得真难听。都说了等会儿会和大队会合。

不过，我们确实从学校的活动中逃了出来。上午的小巷子里一个人也没有，刚才那只猫应该就在这附近，却没有半点动静。唯独两个人的脚步声和对话声在板壁间回荡。

“那么我先从最开始讲起。也就是新劝祭那天。”

我一说完，大日向就目不转睛地盯着我的侧脸看。我有点不解，继续往下说：

“招新祭那天……你听见了我和千反田聊的无关紧要的话题。现在回想起来我还是很惊讶，你居然会在那么不起眼的地方停下脚步。”

“怎么会是无关紧要呢。那说不定拯救了一条生命啊。”

听她这么一说，那个食物中毒的学生当时情况好像很严重，所以我们在前院的对话似乎是前所未有的有意义的。不过，现在已经无关紧要了。

“在那件事中，最大的提示是你的一句话。”

“咦？我？”

她指着自己。

“我说了什么吗？”

“原话我已经不记得了，但我记得好像是‘做了亏心事的人不会自报姓名’。然后我意识到糕点研没有放招牌。”

大日向的目光中带有一丝喜悦。

“那么一说，是有那么一回事。”

的确，那感觉就像很久以前的事，其实也就是两个月前的事。当时千反田和大日向都无忧无虑地笑着。在思维快要被记忆束缚住的时候，我勉强把思维拉回来。

“但更让我在意的是那句话前面还有一句话。那句话应该是这样的。”

我停顿了一下。

“我的朋友说。”

“……你居然还记得。”

“因为一听到那句话，我就认为后面的是你自己的观点。”

在星谷杯的途中，我问过里志，如果我跟他说“我的朋友说，总务委员不用在星谷杯上跑，这事不管怎么想都很不公平”他会有何感想。里志回答我说：“我会想，原来你是这样想的啊，太遗憾了。”他说得很有道理。

“有话想说却难以启齿的时候，人们经常会说‘听人说’‘传闻说’‘碰巧听到’，先以虚构的第三者作为缓冲，再发表自己的观点。

那不是自己说的，自己并不是那种观点，但好像也有这种观点……这种说话技巧感觉就像是攻其不备。”

“攻其不备，说得还真是婉转。”

大日向苦笑着说。

“直接说我卑鄙就好了。”

“我自己也不是什么伟人，没有资格指责其他人。”

小巷依然看不到头。有什么东西浮现在视野的角落，原来是晾晒的衣物，在木屋的阳台上随风摆动。

大日向使用了攻其不备的说话技巧吗？

“可是，你不一样。”

她没有说话。

“‘我的朋友说’里的这个‘朋友’不是虚构的第三者，是实际存在的人。不能说你用朋友作为例子的话都是那样，但至少有一些，是实际的‘朋友’说过的话。”

大日向既没有承认也没有否认，只是用非常冷静的目光看着我。

“为什么你能断定。”

“因为你的行动和‘朋友’的言行存在矛盾。如果你是假托‘朋友’来发表自己的观点的话，是不会发生那样的事的。”

“我做过……那种事吗？”

她低下头，有气无力地说。

“四月最后一个礼拜六，下午两点以后。”

“我已经不记得了，不过你说得那么明确，那天你的生日吧？”

“对。再次感谢你们为我庆祝。”

“太没有诚意了。”

尽管在互相开玩笑，但互相试探的紧张气氛没有要缓和的样子。虽然没有冰冷到冻结的程度，但是下一句话我说得很谨慎。

“那天，我好像说过早知就叫比萨了。正适合五个人吃。但实际上我们没有叫比萨。还记得是为什么吗？”

“是的，我记得。”

大日向抬起头，立刻回答：

“因为伊原学姐讨厌奶酪。”

我点了下头。

“没错……说起来，那家伙好像说过完全不吃奶酪，但奶酪蛋糕却没问题。”

“哦。”

大日向嬉皮笑脸地说：

“原来你们一起吃过啊。”

我不回答无聊的问题。虽然关系不亲密，但我们认识了十年以上，有过各种经历。学校的伙食里可能有过奶酪蛋糕。

“还记得那时你说了什么吗？”

我问。大日向点了下头。

“得知伊原学姐也不吃后，我就说‘腐败的橘子和牛奶就应该扔掉’。”

即便喜好不同，那也是好好的食物。我觉得那种说法太过激了，所以就记住了。但大日向的发言并不只这一句话。

“在说那句话前，你应该说了一句‘我的朋友说’。”

“是吗？”

她大概已经想起来了，但故意跟我装糊涂。

“你居然还记得。没想到你心挺细的，学长。”

“你不也记得伊原不吃奶酪吗？我也会去记住别人不能吃的东西。如果以前已经说过不吃，还去劝人吃的话就太失礼了。”

“……说得也是。”

大日向抓了抓脸颊，腼腆地笑了。

我们走到小巷尽头，绕过白铁皮墙的民房继续走。路沟的流水很急。涓涓的流水声听着很舒服。

“所以我以为你不吃奶酪。因为我以为你所说的‘朋友说’就是你自己的观点。所以，在那个未开张的咖啡店里，我觉得很奇怪。”

讲到这里，大日向似乎也想到了原因。

“我懂了。原来是因为那种事情。我真笨。”

“我以为你一定会点鲜奶油。可是我猜错了，所以有点诧异。”

在大日向的堂兄即将开业的咖啡馆里，准备了材料的食物只有司康饼。用来涂司康饼的有果酱和奶油。果酱有两种，奶油有普通的鲜奶油和马斯卡朋奶油。

具体的组合已经忘了。我只记得当时每个人点的都不一样，我心想要给老板添麻烦了，以及说过“腐败的橘子和牛奶就应该扔掉”的大日向居然点了奶酪味的奶油。

“那时我就意识到了。不，只要按字面去理解别人说的话，根本就不需要刻意去意识。”

大日向从一开始就表示是“我的朋友说”。既然如此，就理解为是她朋友说的就好了。因为自作聪明，反而误会了。

“你有一个‘朋友’。和你不同，你的‘朋友’讨厌奶酪。”

大日向咬着嘴唇，一声不吭。

在这种情况下，她应该说：“我当然有朋友，那又怎么样？”可是就连这个她也没说。

沉默就是比什么都要雄辩的证据。大日向不想被人知道她的朋友。

小巷内部纵横交错，有一段路窄得只能让一个人通过。令人惊讶的是墙壁上贴着写着街道名称的牌子。那么说，这么窄的路也算是市道吗？正当我感觉吃惊的时候，身后的大日向说：

“真的能走出大路吗？总觉得很可疑。”

开玩笑的声音也没了往常的快活。

“骗你做什么。”

“你到底想做什么？”

“我没骗你，所以不知道。”

总之在这么窄的地方也没法交谈。我们走出小巷，跨过摆在路上的盆栽，走出一条比较宽敞的路后，总算松了口气。

这里是一条平缓的坡。大日向左右张望了一下，小声问：

“这里，是什么地方？”

我不知该怎么和她说明地图上的位置关系，所以敷衍了她一句。

“马上就知道了。”

开始下坡后，大日向与我并排走着。

刚才的那番话仅仅表明大日向有个朋友，她有时会套用那个朋友的话而已。但我还知道其他关于那个朋友的事情。

“对了，那个朋友是你初中时代的朋友吧。而且你们的关系很特殊。要么在补习班认识的，要么那个朋友就是初三才转入镝矢初中，并且没有进入神山高中。”

听到我突然开口，大日向皱紧眉头。眼神中带有明确的疑惑。我不得不重申一遍。

“这可不是从千反田那听说的。”

“可是，再怎么说也不可能知道得那么多。”

“在高中还没交到朋友，这句话不是你自己说的吗？你和我还有里志三个一起回家那天，你确实是这么说的。既然在高中没有朋友，那么我当然会认为那是从初中时代开始交往的‘朋友’。”

一个下雨天，我和里志准备回家，我们刚走出校门就和大日向对上了视线。因为大日向说：“我还没有交到朋友。”于是我们就一块儿走了。我记得很清楚，当时我心里想：“是吗？你看上去很善于社交啊。”

“那是——”

我打断了她的话。

“但是，那并不是说你没有可以亲密交谈的人。你在班上有关系很亲密的同学，但是你不把他们称作‘朋友’。”

我等了一会儿，看她有什么反应。但她依然一声不吭。

但如果我也跟着不作声的话，再次开口可能就需要花上很大的力气。事实上，光是这样和她对话，就让我的心情很沉重。

深入分析到昨天为止仍作为社团的学妹一起亲切交谈的人的想法和感受。也就是一直和她说:“你是这样的人。”静下心来一想，我有那么了不起吗？心中涌起了这样的疑问，让我停下脚步。现在必须继续往下说。

“接下来要讲的是昨天的事情，所以我想你和我都记得很清楚。在走廊上相遇的时候，前往活动室前，我们聊了几句吧。虽然对话的内容似乎带有别的意思，但我更在意的里志的妹妹和你同班那件事。”

大日向知道里志和伊原的事。虽说不清楚详细情况，但她知道里志欠伊原的人情。这好像是从里志的妹妹那里听说的。

“我觉得里志的妹妹是个怪人，但你好像并不那么认为。可是，会和一个不怎么熟的人讲自己兄弟姐妹绯闻的人，不管怎么看都很奇怪。

“如果你是从她那里听到里志的绯闻，就表示你们的关系好到可以谈论那么隐私的话题。再加上，你说过你们会一起吃便当吧？但是里志的妹妹和你关系那么好，你也没把她叫做朋友。那时我就察觉到你始终称她为‘熟人’。”

一辆轻型卡车驶上斜坡。虽然路很宽，但是为了安全起见，我走到了大日向的前面，排成一列让卡车过去。阳光迎面照射而来。虽然我经常走这条捷径，但我不知道这条斜坡是向南的。

我闻着尾气，再次与大日向并排走。我平静地说：

“机缘凑巧，去年我被卷入几件麻烦事中。每次我都会思考各种各样的事情，发现一些东西，也接过让事情圆满落幕的差事。那时里志管我叫‘侦探’，但我不喜欢那个称呼。总觉得很难为情，所以我无论如何也不想用那个词语。

“在因个人成见而不敢用某个词这一点上，你也是一样的吧。你不会轻易使用‘朋友’这个词。哪怕入学不到两个月，关系就已经亲密到会谈论非常深入的话题，一起吃中午饭，要把那个单词赋予里志的妹妹，对你来说也还不是时候。难道我说错了吗？”

我早就应该察觉到，对大日向而言那是一个特别的词语。在那个雨天，她都已经明确地说出那是她所珍视的东西。正因为没有相信她说的话，才会走了弯路。

大日向张开嘴巴，说：“我……”

可是结果她还是没有说下去。

我好不容易才忍住没有叹气。接下来才是关键。

“那么，你称为‘朋友’的人又是什么样的人呢？不过有一点已经知道了，那就是不在神山高中。

“唉，这也没办法。从初中升入高中的时候，我也和几个关系好的人分开了。还在交往的也就只有里志了。”

虽然我这么说，但若是问我除了里志还有谁，我一下子也说不出名字。人真是一种无情的生物。

这就是所谓的去者日益疏远吗？还是说我果然有点冷漠。

不知从什么地方飘来酱汤的味道。沥青上的水渍，可能是附近的居民洒水时留下的。在初夏阳光的照射下，几乎已经干了。我都不知道原来上午的行人是这么少的。亏我还做好被街坊发现的精神准备，连借口都想好了，结果一个人都没见到。只看到生活的痕迹却看不到人的身影，总觉得很奇妙。因为要不是遇到这种事，平日都要上课，根本没机会在街上走。

“我从千反田那听说的，只有你们昨天在活动室里说了什么。”

我半自言自语地说：

“听说你们在说伊原，说她退出漫研的事。千反田支持她退出社团，可能还鼓励过她。我不太清楚前后的情况，所以不敢说赞成还是反对。但我知道伊原轻松多了。也许这样就足够了。

“先不说那个，昨天放学后，你显然是去解决什么事情的。你做好精神准备，为了解除悬在半空的状态，你想要向千反田确认什么事。你是想确认伊原的事吗？你是因为希望伊原留在漫研，所以才和支持她退社的千反田诀别的吗？”

这当然是反问句。大日向自己也马上回答：

“不是。”

“……既然要做那么久的精神准备才敢说，很难想象你是昨天放学后突然决定要和她一决胜负的。我怀疑你曾经套过话，或者有过前兆。

“然后，我回想起来，你曾经问过千反田一个没头没脑的问题吧？在你堂兄还没有开张的咖啡馆里，你好像是这么问的，千反田的交际很广，认不认识一个叫阿川的人。千反田回答那个人是神山高中高一的学生。”

“是阿川。阿川佐知。高一A班的。”

“虽然我不认识那个人。不过，你是想弄清千反田的交际圈有多广，对不对？”

然后大日向神情悲伤地看了我一会儿。

“你应该也认识阿川。”

“千反田也和我说过同样的话。她在今年的入学典礼上，作为女生代表进行了入学宣言吧。我只知道这么多，算不上认识。”

“不只吧。”

大日向停下，把头转过来。

“如果说我应该还知道其他事情，她是镝矢初中毕业的吗？”

“是的。”

大日向认识她，所以她很可能是镝矢初中的毕业生。但我和千反田不同，我不会记住每个不认识的低年级生。虽然我是这么想的，但大日向用责备似的口吻说：

“她是保健委员长。你真的不记得了？”

“……是吗？”

初三后半学期，我的确败给了多数表决，被迫当上了保健委员。不过即将面临考试的初三学生不会有实质性的工作，委员长是由二年级生担任。当时的委员长是叫这个名字吗？

但这样一来，我又明白了一样事情。

“是吗？既然如此，更准确地说应该是这样。你想弄清楚的是印地初中毕业的千反田的交友圈有没有大到连镝矢初中毕业的学生都认识。我还记得，千反田很痛快地回答认识后，你很受打击。”

那个时候，大日向一定以为她会回答“不认识”。但是结果出乎预料，她惊讶得说不出第二句话来。不，那可能不是预料，只是她的期望。她期望着就算是千反田，也并不会认识所有人。

“是里志的表达方式不正确。都怪他说得好像千反田认识这个城市的所有居民一样。”

那小子的夸夸其谈我已经习惯了。所以听的时候会打一点折扣。但是大日向今年才接触到福部里志的说法方式，所以也难怪她会信以为真。

但是大日向摇了下头。

“不关福部学长的事。千反田学姐不是认识你的朋友吗？她说拜托那个人给她看了镝矢初中的毕业文集。而且，她连福部学长初中的时候在广播室里唱歌的事都知道。”

“所以你很担心，千反田会不会连你的‘朋友’都认识，对吧？”

她没有回答。

就是说，大日向还不打算说出一切。

很特别的“朋友”。她受那个“朋友”的影响很深，甚至经常引用“朋友”说过的话，却不希望别人知道那个“朋友”的存在。但就在那时，千反田出现了。一个说中我和里志的过去，人脉被里志夸大，来历不明的高年级学生。

“那时我就该察觉到你在害怕千反田。”

“那时？”

“不记得了吗？”

虽然嘴上这么说，但我也忘了那是什么时候的事。我清楚记得的是：

“我们说到伊原说话很刻薄，却不会骂千反田的时候，你问是不是因为千反田抓住了伊原的把柄。因为太荒唐了所以没有人否定。但我现在才明白你为什么会那么想。”

因为她所害怕的不是伊原被抓住把柄,而是自己被抓住了把柄。

“你唯独对千反田保持戒心。按理说，可能认识你的朋友的应该是我们，而不是千反田。因为我们是一间初中毕业的。”

“啊，是因为这个缘故啊。”

大日向带有一丝绝望的声音说：

“所以你才说我和她是在补习班认识的，或者是初三才转学来的。”

“对。你们是在和镝矢初中无关的地方认识的，或者是在我们毕业后才转学来的，总之你乐观地认定我们肯定不认识她。但唯独对千反田不能放松警惕。”

我并不是有意的。我在不知不觉中轻叹了口气。好像在害怕我的叹息似的，大日向把身体缩成一团。她的身上已经没有了那个要强的低年级学生的影子。

“基于上面的结论再去听昨天放学后的事情，我马上就猜到了。千反田谈到了伊原的事。既没有背后的意图也没有本意。她谈到了伊原的事。

但在你听来并不是那样。你不知道千反田到底知道多少事情，心一直悬着，所以你很婉转地试探她，结果从她的反应来看好像知道些什么。你下定决心走进活动室，准备质问她。她的话听着像是某种暗喻。”

疑心，会让人看起来像鬼。

成见，大概让千反田看上去像夜叉吧。

那就是误会的真面目。

“昨天，千反田说的那番话的大意是这样。对伊原来说漫研已经是有害无益。从保护自己的角度来说，她选择离开是正确的。对此，你好像是这么说的，‘那也不用弃而不顾’。弃而不顾这个词用得很奇怪。伊原可以说是被赶出漫研的。可是为什么会冒出这个词呢？”

我吐出一口气。

“如果我说错了请指出。”

我如此开场。

“在你听来，千反田的那番话就像在说让你丢下那个‘朋友’不顾吧？”

大日向虚弱地抬头看我。

“为什么你能断言千反田学姐不是那个意思？”

虽然嘴上那样说，但她自己都对自己的话没有信心。嘶哑的声音让我联想到她的心情。

“……喂，千反田认为你为何退出。你想象得到吗？”

看她的眼神，她似乎有话想说，但没有回答。

“她以为是因为自己擅自动了你的手机，你才会气得退出社团的。”

“咦？”

“你信吗？都高二的人了，还哭着鼻子，认真地说着那样的话。她原本打算到终点后就去找你，为昨天擅自动了你手机的事向你道歉。”

大日向睁大眼睛，嘴角微微上扬。可是从喉咙发出的，却是呜咽似的声音。

大日向把脸背过去。肩膀微微颤抖。

希望她是笑得颤抖。

3. 现在:十八点九公里处:剩余 一点一公里

视野变得开阔。

我们穿过道路狭窄的住宅区，来到通向荒楠神社的参道。路面很宽，两旁的商店鳞次栉比。虽然正月和春秋两季会很热闹，但现在寂静无声。唯独旗帜看上去很鲜艳。

“原来是通向这里啊。”

大日向小声地说。她似乎终于明白了。

“两条路是平行的，能够回到原来的赛道上。放心了吧？”

“讨厌。我又没怀疑你。”

是吗?

接近正午的太阳照射着大地。落在沥青路上的影子颜色很浓。夏天快到了。

“学长。”

她举起胳膊，指着其中一间店。房檐前摆着一把巨大的纸伞和榻榻米。

“我想吃丸子。”

“怎么突然想要吃。”

“我累了，所以决定吃丸子。”

她单方面地宣布后，走向那边。我急忙追上去。

“等一下。还在上课呢。”

她没有停下。

“都已经离开赛道那么久了，还装什么好学生呢。一不做，二不休！”

“你有钱吗？”

听见我的问题，大日向终于把头转过来。

“你有啊。”

说完，她笑了。

“口袋里传来硬币碰撞的声音。”

我确实带了点钱来，准备在路上买点东西喝。

“你一旦下定决心就不会停下来。如果钱不够该怎么办？”

“啊，这我倒没考虑。不够吗？”

我把手伸进口袋。张开握着的手，上面有几枚百元硬币和十元硬币，一共二百四十日元。

大日向指的那间丸子是家良心店铺。哪怕是游览胜地的价格也有人买，可是贴在墙上的日本纸上写着“一根八十日元”。

“……还真够。”

“就这么定了。”

她轻快地跑过去，在店头大喊。

“不好意思，给我三根丸子。”

她打算用光我的钱吗？话说，为什么会是我请客？虽然大脑中不断地冒出问号，唉，既然点了，也没有办法。拿出点学长的样子请她吧。一根八十日元也算是优惠价了。

经营这家店的是一个面容和蔼的老婆婆。我们身上穿着体操服，不管怎么看都是翘课的学生。但她只是看了我们一眼，什么都没问。她说："有御手洗和艾蒿。"

"三根艾蒿。"

"我更喜欢御手洗。"

"衣服沾到豆馅的话不好蒙混过去。"

听她这么一说也有道理。聪明劲尽用在歪门邪道上。

不知怎么的，我们坐在长板凳上吃起了艾蒿丸子。因为我不喜欢那股生菜味，所以说更喜欢御手洗，但艾蒿的香味让人很是痛快。甜味逐渐渗透到身体。

"活过来了……"

大日向小声感叹。我不由得表示赞同。就是那种感觉。虽然是一次极其不正规的长跑，但还是会累的。

一根竹签插着五个丸子。吃了两个后，大日向仰望天空，长叹了一口气。

"啊，爽快。很久没有这么爽过了。"

然后，她冷不丁地说：

"学长，你故意隐瞒了一些事情没说吧？"

"你说丸子？"

"怎么可能。"

嗯，是没可能。刚才的话的确缺失了很大一部分。虽然我并不打算说，但大日向主动说了出来。

“我有一个想要隐瞒的‘朋友’，我怀疑千反田学姐知道了我和她的事。那么，这到底是为什么呢？为什么我想要隐瞒那个‘朋友’呢？”

“我猜不到。”

“骗人……如果是善意的谎言，请你说得更巧妙一点。”

我什么都没说，望着手中的丸子。

被她看穿了。我大体上猜到了。不如说，正因为猜到了，才得出了刚才的结论。

然而对此我并不想说什么。因为大日向不想被人知道。我没有必要特意告诉她我都知道了。

“唉，为什么会变成这样呢？”

大日向嘟哝了一声，又咬下一个丸子。

然后她开始说：

“我本以为她是个乖孩子。如同你所说的那样，那孩子……她是初三才转学来的。人很怪，该说是融入不到班里，还是不想融入呢。总之是个个性很强的人。

“我想我是她的第一个朋友，大概也是她这个城市里唯一的朋友。她是这样说的。于是我们就说好永远不分开。”

“很难啊。”

“当时可不是那样认为的。我很笨。”

她咧着嘴笑了。

“毕竟只是初中生。初中生真的很天真。”

自己两个月前也是初中生，她真敢这样说。

“我们在学校里并没有那么亲密。搞得很神秘。所以我想，就连同班同学也没有几个人知道我们的事。在校外，她很会玩。看演唱会，教我打台球，还和别人组乐队。在学长生日那天看到的果酱，告诉我这叫‘蜜福露’的也是她。我说过晒黑是因为滑雪，第一次带我去滑雪的也是她。那次玩得好高兴。”

“不是用单板吗？”

“都说了是双板。”

因为我一直标榜节能，所以对消遣方式不太了解。

但我知道，消遣需要资金。

大日向滑雪去的是岩手。演唱会是从仙台追到了福冈。每次听到她说那样的经历，都很好奇她的钱是哪来的。

虽然我姐会随心所欲地满世界转，但她是挣到了足够的钱才能那样做的。很难想象只是初中生的大日向做得到。本以为大日向是富家女不缺零花钱，可是听了她在“步恋兔”发的牢骚，好像又不是。

“然后……我的钱用完了。”

大日向只有嘴巴保持着笑容。

“我记得，你们家好像是禁止做兼职的吧？”

“是啊，管得很严。”

“他们怎么会允许你去旅行？”

“和别人一起去就没问题。总之，他们就是不信任我。”

然后，大日向就像刚刚才意识到似的嘟囔道：

“不过，就算他们允许我去做兼职，我也不知道会不会把钱拿去那样玩……”

刚才大日向说：“玩得很开心。”那大概不是假话。可她似乎也不是打心眼里享受自己所承担不起的挥霍。

“我和她说：‘对不起，我现在没钱。’可是她根本不听。她说朋友是特别的，所以应该想办法排除万难在一起。可是我实在是没钱了，还要备考。就在我左右为难的时候，她和我说，‘包在我身上’，又说‘咱俩谁跟谁啊’。”

哪怕是初中生，也有各种方法搞到钱。关键在乎你敢不敢去做。

讲到这里，大日向说不下去了。她好像在犹豫该不该继续往下说。看来最好还是帮她一下。

“……有不愿提及的话，让人联想到那个话题的东西就在眼前的时候，实在很难决定该怎么做。”

好像不懂我的意思，大日向歪着脖子。

“如果放着不管，很可能会有人提及。但如果藏起来，因为少了样东西，所以很可能会引起不必要的注意。”

比如我生日的那天，我就为了如何处置会暴露千反田曾经来过我家的招财猫犯难。如果继续摆在那里，不知什么时候话题会转向那里。可是又不能挪开，因为特地挪开会很不自然。

“千反田来的时候，有件东西突然消失了。于是我就察觉到了。”

“千反田学姐？什么时候的事？”

“去咖啡馆的那天。”

那大概是大日向下意识的行为吧。所以她一下子没想到是什么事。但她很快就睁大眼睛盯着我。

“啊！那么一说……学长，那你也察觉到啦。”

在那个咖啡馆，大日向隐藏了一样东西。

杂志《深层》。

我记得是里志，他发现了插在杂志架上的《深层》，拜托大日向帮他拿。大日向抽那本杂志出来时费了很大的劲。架子上塞满了报纸和杂志，必须用一只手按住架子才能把《深层》抽出来。

在千反田到来不久前，我们聊到了天气预报。具体的论点已经忘了，但临走的时候我从杂志架上抽出了报纸看了天气预报栏，想要证明自己是正确的。那时我很轻易地就把报纸抽了出来……因为多出了《深层》的那份空隙。

《深层》从杂志架上消失了，当然也不是留在了柜台上。我不关心它去哪儿了。大概有很多方法可以把它藏起来吧。但我很好奇它为什么不见了。很难想象是偶然，肯定是有人故意为之。当时我在思考，如果是有人故意收起来的，那样做的原因又是什么呢？

“水筒社案……也就是欺诈案。里志提起诈骗钱财的话题，是因为《深层》在那里。可是千反田来的时候,《深层》就不见了。”

“是我干的。上洗手间的时候，我很自然地拿走了。不过，没想到居然会从那里露出破绽。”

大日向故意似的叹了口气。

“原来应该警惕的人不是千反田学姐，而是折木学长你啊。”

“说得真难听。我不是请你吃丸子了吗？”

“这个真好吃。”

她又咬下一个，竹签上只剩一个艾蒿丸子了。

“我真笨。冷静想想，就算有杂志，话题也不一定会转到那里。”

“是啊。”

“我到底在做什么啊。当时我可能连自己在做什么都不知道了……”

大日向如此嘟囔，然后对着我点了下头。

“看来你大体上都猜到了，那我就直说了。她的祖父家很有钱。如果千反田学姐只是交际广的话，我也不会害怕。可是，她和旧时的名门不是有来往吗？她很可能会笑着说：‘我前几天刚去拜候过。’”

确实很有可能。

“没错。我的‘朋友’骗了自己的祖父的钱。”

“很多钱吗？”

“很多钱。”

大日向盯着最后一个丸子说：

“我很怕……我不是怕警察。就算事情败露，警察来了，被抓的也是她，而不是我。和我无关。但我很怕她，她为了和‘朋友’会不择手段，犯了罪也可以跟没事似的笑。而且她的‘朋友’就是我，我一直很害怕。我计算错了和她的距离。我一直是那样想的。”

阳光那么猛烈，大日向却打了个寒战。

“得知我要考神山高中时，她说了很多讥讽的话。比如‘哦，原来你是那种人啊。’‘你打算骗我吗？’。因为她的分数离神高的分数线还差了一点。但最后我们再次约定，就算去了不同的学校也还是朋友，然后就毕业了。进入高中后我才明确意识到。我放下了心头大石。”

大日向的声音一点一点地变大。

“可那还是很过分吧。虽然形式扭曲，但她把我当成唯一的‘朋友’。如果她做错了什么，我也应该去纠正她不是吗？我不能扔下她，不可以扔下她。那不是一个人该做的事。我如此告诉自己。

“但是我很怕她的罪行败露，怕被人知道我和她是‘朋友’。一想到千反田学姐不知什么时候会说出：‘你和她是朋友吧？’我就无法正视学姐的脸。”

她低下头，对着脚下的沥青粗暴地说：

“我……我真笨！”

丸子店的老板娘说了声“请用”，上了茶。我说了声谢谢，接过茶水，但我们该离开了。休息了很长时间，还顺便来了这里，但我们早晚是要跑回终点的。

我站起来，对坐着的大日向说：

“如果你肯加入我们社团，千反田会很高兴的。伊原和里志也是。”

但是大日向抬起头，淡淡一笑，摇了下头。

“自己吓自己，却归咎于千反田学姐，还说了很过分的话。你觉得我还有脸去见她们吗？”

“不安只是暂时的，很快就会忘了。千反田肯定不会介意的，而且也许还能帮上你。”

我自己也知道现在是不可能的。大日向的误会也许解开了，可是，那只不过是证明了她的问题与千反田无关而已。我只是告诉了她："你可能受伤了，但不是我们的错。"

然后不出我所料，大日向再次摇了摇头。

"我会去向千反田学姐赔罪的。但是，我觉得现在还不能和你们待在一起。"

"哦。那，我走了。"

我刚转过身就被她叫住。

"学长。"

"嗯？"

"你还记不记得，你们在前院招新的时候，我加入前说了什么？"

我背对着她回答：

"不记得。"

我看不到她的脸，但我知道她在笑。

"骗人。"

她是怎么知道的。我把心里的想法都表现出来了吗？

"看着关系好的人是最幸福的事。我说的是真的。所以，学长。这两个月，你们带给了我很大的宽慰。"

我也许应该回过头去和她说："想来的时候，随时都可以来。"可是，我没能说出来。因为大日向先开口了。

"丸子，很好吃……谢谢你。"

终章　手应该能伸到任何地方

两人距离的概算

It walks by past

1. 现在:十九点一公里处:剩余 零点九公里

鞋带已绑紧，大腿根部也不疼了。该做的事都在星谷杯上完成了。虽然离终点已经不远，但我也提不起劲继续跑了。我漫不经心地走在空无一人的进道*上。平缓的下坡路笔直地延伸着。

穿过位于进道入口的大鸟居就能回到赛道。因为是一条直路，所以大日向应该不会迷路。虽然忽然有点担心，但没有回头去看。我闭上眼睛摇了摇头，再睁开眼睛，发现路旁停着一辆熟悉的山地自行车。我四下张望，发现里志正抱着胳膊靠在旁边的灯笼上。

还没等我开口，他就先对我说了声“嗨”。

“正所谓隔墙有耳啊。听说有两个人离开了赛道，于是总务副委员长亲自来找人了。”

被人看到了啊。而且对方还特地向上级报告了。

“居然知道我们在这里。”

“废话。那两个人进入的小巷，那条路不就是我告诉你的吗？”

是吗？不记得了。我不可能自己去找捷径，所以也许是那么回事。

“那么，我们会有麻烦吗？”

我问。里志耸了下肩。

“我不是来抓人的。”

*** 注：指游客造访寺庙的行进道路，连接入口。**

“我劝你最好还是别去当警察。”

“那么我就去做税务官。还是说你想受到正式的处罚？”

他神情严肃地说完后，不等我回答接着问：

“那么，怎么样了？”

我回想这二十公里路上发生的事。分别询问了他们几人，结果呢？结论是这样的。

“她不会加入。”

“是吗。”

虽然里志好像已经预料到了，但还是轻叹了一口气。

“可惜啊。”

他说。

然后他望向我的后方。大日向在上坡路的前方，虽然坡度很缓，但应该看不到她人。

“不过，你好像已经明白她不加入的理由了。”

“为什么那么想？”

“不然的话，你和大日向的直接交涉就没有意义了……可以告诉我吗？”

但我没有答应他。说出大日向的“理由”，就等于要说出大日向极力想要隐瞒，以至于把千反田当成检举人并为此担惊受怕的事实。即使是福部里志，我也不知该不该告诉他。也许是从我的犹豫推测到我的忧虑，里志先迈出脚步。

“我也不勉强你。边走边说吧。你不快点到达终点我就没法收工。”

我和推着山地自行车的里志并排走在铺着石板的参道上，就像刚从神山高中出发的时候那样。

就如他说的那样，他没有再催我说。所以我认为我之所以发了句牢骚是因为我忍不住想说。

“是外部的问题。”

大日向所畏惧的是过去的罪过，她的“朋友”现在在其他高中。她和“朋友”的问题是神山高中外的问题。

“……说不清为什么。”

里志说：

“说不清为什么，我也怀疑是那样。虽然我对你的评价很高，可即便你在星谷杯的期间看穿了一切，能否挽回也值得怀疑。因为如果是校外的事情，你也无能为力。”

那么说来，刚出发后，这小子说过，别把事情都揽在自己身上，我没有责任。

“为什么那么认为。”

里志把手搭在车把手上，灵巧地耸了耸肩。

“没什么。我只是觉得她才刚进高中，就算有什么问题大概也和学校没有关系。而且，我们也经常在校外和大日向同学见面。”

然后，他看着前方说：

“我们的手终究伸不到学校外。奉太郎，从一开始，我们就无能为力。”

是吗？

从切身感受来讲，里志说得没错。初中的时候，镝矢初中就是我能看到的一切。现在也管不了神山高中外的事。

可是，真的是那样吗？如果不出什么事，一帆风顺的话，两年后我们就会离开神山高中。如果继续升学，顺利的话六年后就会离开学校这个地方。如果一直相信在那以前我们的手伸不到校外的话，到时可能会如同突然被扔到荒野一样手足无措。

那种想法大概是不对的。就像千反田参与各种社交活动，老姐环游世界一样，我们的手应该可以伸到任何地方。关键是你想不想去做。

标榜节能主义的我自然没有那种意向。可是现在，如同残渣般的感情沉淀在我心底。

千反田说，如果大日向有什么烦恼的话，希望我帮帮她。我答应了她，却什么忙也没帮上。

借口有很多。我没有理由去管大日向的事。既然已经解开她对千反田的误解，余下的就是大日向自身的问题，再去插手就是多管闲事……

可是我真正的想法也许是“外部的问题很麻烦懒得去管”，而不是“那是别人的问题所以最好别管”。姑且不说实际能否做到什么，在心情上，我也许是扔下了大日向不管。

……我累了。我的想法还不成熟。对想要安慰我的里志，我既没有说是也没有说不是，只是将浮现在意识中的话说出来。

“里志。你听过‘soda sonoko’这个名字吗？”

但我的声音太小了。

“咦，你说什么？”

“……没什么，算了。”

不管大日向有多害怕“朋友”被人发现，她开始怀疑千反田应该也是有一个契机的。比方说千反田说出了她的“朋友”的名字。

说来，千反田在大日向面前明确地说出的名字，好像只有在寻找我的住址时借给她毕业文集看的那位——“惣多（souda）”。我怀疑大日向是在得知千反田认识惣多后开始害怕她的。

我猜想那个“朋友”的名字很可能是“sonoko”，或是读音相近的名字。刚才和我说话的时候，大日向先用“那孩子（sonoko）”来称呼那个“朋友”，后来又改成了“她（anoko）”。她可能害怕那个读音会暴露“朋友”的名字。*

但只是怀疑，算不上是确信。去问千反田就可以弄清楚。可是既然不是真心想帮助大日向，也就没有那个必要。

来到进道的入口，里志在大鸟居下跨上山地自行车。

“余下的只是学校的活动。要认真跑哦。”

我点了下头，目送踩下脚踏的里志。然后先是慢跑，再一点一点地提升速度，回到星谷杯的赛道上。高二的也许基本上都到终点了。跑在我前面和后面的都是一年级学生。我抬起头来，雪白的恋合医院映入眼帘。校舍应该很快就会出现在它后方。

一阵风吹来，我回过头去，在痛苦地跑着的一群一年级学生中，我没找到那张晒黑的笑脸。

我已经算不出，她在我后方多少米了。

* **注：日语中的 sonoko 和 anoko 都可以表示“她”的意思。这里为了区分，中文版将前面一个“她”翻译为“那孩子”。**

后记

大家好，我是米泽穗信。

我写这本书的契机，是迈克尔·Z.卢因所写的《一个少女的提问》。

更准确地说，是那本书原本的书名*Ask the Right Question*。看到那个书名后，我构思了一个推理故事，那就是这本书的原型。(顺便说一下,《一个少女的提问》的内容与我想象的完全不一样。那本书也很有趣。)

另外，在构思阶段，我也想到了斯蒂芬·金的*The Long Walk*。以前读的时候，这本书给予了我很强烈的冲击，吓得我都不敢放在书架上，所以我自然而然就想起了它。

可是一开始写这本书，我就发现两者存在决定性的差异。*The Long Walk*的主人公有个同伴陪着他一起走。

但这本书的主人公是一个人前行。

这是没有办法的。在马拉松大会上,不可能会有人陪他一起步行。

那么，希望再有机会为大家献上《冰菓》的故事。

非常感谢大家。

2012年4月

米泽穗信

图书在版编目（CIP）数据

两人距离的概算 / (日) 米泽穗信著 ; 国杰译. —南昌 : 百花洲文艺出版社, 2014.6（2023.4重印）
ISBN 978-7-5500-0967-7

Ⅰ. ①两… Ⅱ. ①米… ②国… Ⅲ. ①推理小说—日本—现代 Ⅳ. ①I313.45

中国版本图书馆CIP数据核字（2014）第090864号

江西省版权局著作权合同登记号：14-2014-069

本书为引进版图书，为最大限度保留原作特色、尊重原作者写作习惯，故本书酌情保留了部分外来词汇。特此说明。

出版者	百花洲文艺出版社
社址	江西省南昌市红谷滩区世贸路898号博能中心Ⅰ期A座20楼
邮编	330038
书名	两人距离的概算
作者	[日] 米泽穗信
译者	国杰
责任编辑	张越 程玥
特约编辑	林巖
美术编辑	罗毅俊
经销	全国新华书店
印刷	凸版艺彩（东莞）印刷有限公司
开本	890mm × 1240mm 1/32
印张	6.75
字数	90千字
版次	2014年6月第1版
印次	2023年4月第7次印刷
书号	ISBN 978-7-5500-0967-7
定价	35.00元

赣版权登字：05-2014-130